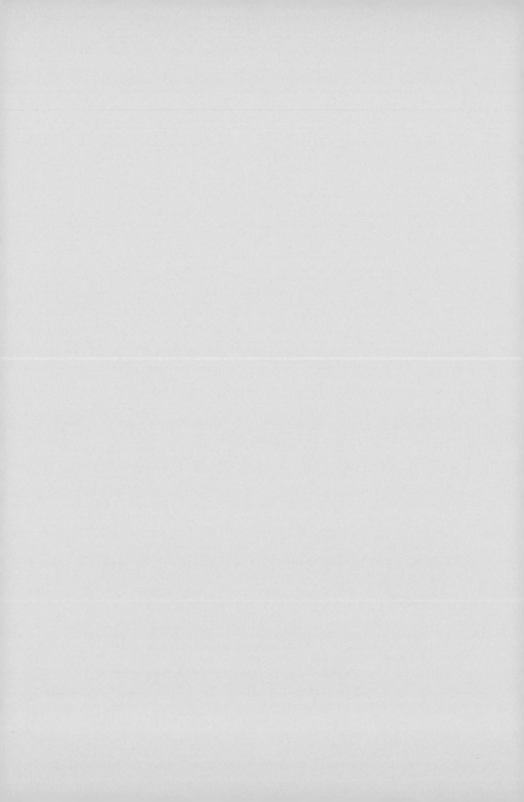

아침이 오면 불빛은 어디로 가는 걸까

아침이 오면 불빛은 어디로 가는 걸까

발행 ㅣ 2020년 6월 15일

엮은이 ㅣ 윤일현
펴낸이 ㅣ 신중현
펴낸곳 ㅣ 도서출판학이사
  출판등록 : 제25100-2005-28호
  주소 : 대구광역시 달서구 문화회관11안길 22-1(장동)
  전화 : (053) 554~3431, 3432
  팩스 : (053) 554~3433
  홈페이지 : http : // www.학이사.kr
  이메일 : hes3431@naver.com

ISBN_979-11-5854-238-2 03810

이 도서의 국립중앙도서관 출판예정도서목록(CIP)은 서지정보유통지원시스템 홈페이지와 국가자료공동목록시스템(http://www.nl.go.kr/kolisnet)에서 이용하실 수 있습니다.(CIP제어번호 : CIP2020024086)

아침이 오면 불빛은 어디로 가는 걸까

윤일현 외 94명

學而思 | 학이사

생태학적 상상력과 희망의 연대

　세계의 모습은 홀로그램이다. 홀로그램의 점 하나는 그것을 이루는 전체의 모든 정보를 포함한다. 과거에는 부분은 전체의 일부로 대체 가능한 부속품으로 간주되었지만, 지금은 부분의 합이 전체가 아니라 전체가 부분 속에서 실현되는 시대다. 시인은, 시적 감성을 가진 모든 사람들은 태곳적부터 이 사실을 알고 있었다. 그래서 잎새에 이는 바람에도 괴로워했고, 이웃의 작은 상처도 함께 아파했으며, 지는 꽃잎 한 장에서도 하늘이 무너지는 슬픔을 느꼈다.

　대한민국은, 지구는 하나다. 대구의 코로나를 잡지 않고서는 대한민국이 안전할 수 없듯이, 전 세계의 코로나가 종식되지 않고는 대한민국만 살아남을 수도 없다. 여기에 무슨 지역감정이나 이념과 체제 갈등 따위가 들어설 수 있겠는가. 우리 모두는 이제 대구를 넘어, 전 국민의, 전 인류의 연대를 생각하며 삶의 방식을 전환해야 한다. 생태학적인 상상력을 발휘하여 인간과 자연, 국가와 국가, 인류 상호 간의 공존과 공생을 생각하며 지속 가능한 개발과 발전을 추구해야 한다.

　대구시인협회 시인들은 '사회적 거리두기'로 모두가 힘들어할 때, '심리적 거리 좁히기와 희망의 연대'를 가장 먼저 생각했다. 여기 실린 시들은 2020년 2월 말에서 5월까지 세계사적인 재난 한가운데를 통과한 대구시민들의 절망과 희망, 절제와 인내, 용기와 사랑, 위대한 시민의식을 기록한 작품들이다.

우리는 재앙의 현장에 뛰어든 의료진과 자원봉사자들의 고귀한 희생정신과 사랑의 마음에서 삶의 희망을 발견했고, 용기 있는 사람들의 숭고한 인류애가 인류 구원의 등대라는 사실을 확인했다. 코로나19 극복을 위해 헌신한 모든 분들과 대구시민들에게 더없는 존경과 찬사, 감사의 마음을 담아 이 시집을 바친다.

마음의 여유가 없는 어려운 상황에서도 좋은 작품을 써 주신 대구시협 회원들과, 흔쾌한 마음으로 시집 발간을 지원해 주신 (주)씨지인터내셔널 김진철 대표이사, 상화기념관 이장가문화관 이원호 관장께도 깊은 감사의 마음을 전한다.

아침이 오면 불빛은 어디로 가는 걸까*

2020년 6월
대구시인협회 회장 윤일현

* 셰익스피어의 "눈이 녹으면 그 흰 빛은 어디로 가는 걸까"에서 차용.

차례

대구의 봄 · 산문

대구의 봄
시

제비꽃은 입이 없다

강문숙

북카페도 오천냥 막걸리집도 문 닫았는데
명자랑 목련네 집은 활짝 열려 있네

중얼거리며, 갈 곳 없는 신발들 수목원을 걷는다
봄의 꽃태동으로 달큰하고 비릿한 숨결
앉은뱅이 제비꽃은 입이 없어 울지도 못하고
보랏빛 창백한 손등을 봄볕에 부비는 중이다

도시의 거리마다 매캐한 봄은 막막해
입들을 막으니 눈도 어두워졌는지
작은 돌부리에도 자꾸 걸려 넘어지는 사람들

풀이 쑥쑥 자라는 수목원 갓길로 접어들자
봄날이 두부 같은 헛속으로 밀려온다
여린 꽃술에 어지러운 벌이 추락한다

• 〈매일신문〉 신춘문예, 《작가세계》 등단
• 시집 『잠그는 것들의 방향은』, 『신비한 저녁이 오다』 외

어쩌나, 근심의 꽃망울 아직은 빈자리구나

괜찮다괜찮다, 지나가는 바람의 말에
통째로 흔들리며 숲이 환.해.진.다

시작 노트

사소하고 소소한 일상이 얼마나 큰 축복이었는지…
다시 망각하고 말 것이지만,
나는 이 절망을 기억하기 위해 글을 쓴다

마스크

강해림

당신은 흑,
나는 백

애써 눈 마주치지 않고
외면하면서 스쳐 지나가는 낯선 기호들,
비인칭의

사이렌 소리도 없이 앰뷸런스를 타고 온
봄은
꽃소식 대신
흉흉한 소문만 난분분하고

성급한 꽃나무는
서둘러 꽃망울을 터뜨려대다가
미열과 호흡곤란을 호소했으나 다가갈 수가 없었다

• 《민족과 문학》, 《현대시》 등단
• 시집 『구름 사원』, 『환한 폐가』 외

도무지 걷잡을 수 없는 불길로 산불이 번져가듯
역병이 창궐한
도시는, 텅 비었다
적막하다
복병처럼 공포와 불안의 불씨를 숨기고

상점 셔터 문처럼 굳게 닫힌
마스크는 흑과 백,
이왕이면 빨강 노랑 파랑이면 덜 꿀꿀할 텐데

어쩌다 마주치는
당신은 나에게
나는 당신의, 오래된 증상
어쩌면

AP통신은 묘지로 가는 길이란 길은 모조리 봉쇄되었다고 전하
고

어쨌거나, 꽃은 피고
지고

〈셧 다운〉
〈4월 도산설〉 운운하면서 위기의
꽃잎들이
흩날리고

이마엔, 부적

외투에
마스크까지 쓴 이상한
봄은

고슴도치 딜레마

곽도경

당신과 나 사이 거리는
2미터가 적당하다고 하네요
손을 잡을 수도
안아줄 수도 없는 거리에서
간절함을 버무린 색은 자주빛
요즘 핫한 바이러스 같기도 하네요
마음대로 손잡고
마음놓고 포옹했던 시간들이
하루 종일 구급차에 실려
음압병실로 이송되고 있어요
일상이 그리움이 되는 일
사실 그건 상상속에서조차 없었던 일
온몸 가시가
서로를 찌를 수 있으니 적당한 거리는 필수
사랑에도 거리가 필요해요

• 《시선》 등단
• 시집 『풍금이 있는 풍경』

곧 다가갈게요
그때까지 당신
부디
안
녕

시작 노트

현재 대구·경북 아니 대한민국을 건너 세계가
코로나 바이러스로 인해 상상 이상의 고통과 피해를 입고 있습니다.
이런 일은 재난 영화 속에서나 있는 일인 줄 알았습니다.
세상이 마비되고 믿을 수 없는 일들이 현실이 되어버린 지금
서로 손 잡아주고 안아주던 평범한 일상이 그리움이 되고 말았습니다.
고슴도치처럼 서로를 다치게 할 수도 있어 가까이 갈 수 없는 마음들
그 간절함이 꽃으로 피어납니다.
참 성급하게도 벌써 벚꽃이 피었습니다.

당신은 누군가요

구옥남

당신은 절대자인가요?
인간이 쌓아놓은 국경이란 성벽을
모두 허물어 버렸습니다.
당신은 대 자유인인가요?
여권 한 장 없이도 전 세계를
제집처럼 넘나드니까요.
당신은 절대 평등을 원하십니까?
거리는 음산하며 상가들은 하나씩 문을 닫았습니다.
가까운 이웃 간의 꽃길도 가시밭길로 만든 일
반가운 지인과 차 한 잔의 여유마저 단절시키네요.
우리가 바라는 것은 보통의 일상뿐
아름다운 지구를 황폐하게 만들지 마시고
코로나19여
이 지구에서 하루빨리 떠나시길
간곡히 부탁합니다.

• 《불교문예》 등단

코로나 블루*

김건화

산수유꽃 폭죽처럼 터진 앞마당
유황 냄새 진동한다

맥없이 누워만 있는 벌집 속 꿀벌들
각자의 방에 갇혀
속수무책 빠지는 무기력

봄 아닌 봄에 격리되고 말았다

마스크와 방호복을 입고
일벌은 불안한 일터로 나가고
여왕벌은 무작정 생강차를 끓인다

수시로 미열이 오르고
잔기침이 콜록콜록

• 《시와 경계》 등단
• 시집 『손톱의 진화』

20

혹시, 내가 무증상 감염자가 아닐까
체온계를 귓속으로 들이밀면 정상체온

예고 없이 발송되는 안전문자 신호음에
안절부절 서성이며
불안한 날개를 바르르 떤다

소리 없이 번지는 코로나19,
한방에 일격 가할 독침을 세운
쌍살벌은 수문장이 되었다

* 코로나 블루: 코로나19 확산으로 일상에 생긴 우울감이나 무기력을
뜻하는 신조어

코로나19가 중국에만 국한된 일로만 치부하다 뒤통수를 얻어맞았다. 예상보다 사태가 심각했다. 전염력이 엄청나서 마치 중세 유럽에서 크게 일어났던 흑사병을 방불케 한다. 세계가 하루아침에 혼란의 도가니에 빠졌다.

자연은 항상 스스로 넘치면 비우는 자정작용을 한다고 한다. 일종의 지구의 자정작용이라고 위로해 보지만 일상은 무기력하고 암울해졌다.

그간 먹이사슬의 최상위에서 누린 인간의 욕심과 자연파괴, 권력의 남용을 반성해 본다. 인간도 자연의 일부이기에 순리에 따라야 할 것이다.

끝까지 방심하지 말고 자가 면역력을 키우고 사회적 거리두기에 동참하다 보면 머지않아 이 또한 다 지나갈 것이다.

거짓말처럼

김기연

한밤에 전화가 왔다
그녀가 운다
대실요양병원에 엄마가 계신다고

그곳은 갈 수 없는 도시의 섬

'코로나19 확진자'
아흔의 가슴에 거짓말처럼 붙어 떨어지지 않고
간소한 이별은 산소마스크가 받아주었으리

끝내 한줌 재로 보자기에 싸인 그녀의 엄마는
'선 화장 후 장례' 정부의 지침에 따라
감염 확산을 방지하고 사회 불안 요인을 차단한 것인데

그녀의 눈물은 시시때때로 도지고

• 《한국시》 등단
• 시집 『소리에 젖다』, 『기차는 올까』 외

경계

김도향

호미곶 나들이
입과 코를 막고
손마저 감춰 둔
봄 아닌 봄
해신 또한
짠물에 손 씻고 나온다
육지와 바다 하늘도
경계의 눈살 찌푸린다
삼각관계의 가족
또한 몇 미터인가

• 《시와 소금》 등단
• 시집 『와각을 위하여』

앰뷸런스

오늘 하루가 이 지상에서

그냥 흘러가도 되는 줄 알았다.

너를 만나기 전엔,

오늘 하루가 이 세상에서

가장 지루한 날인 줄 알았다.

너를 만나기 전엔,

저 길거리에 봄이 그냥 오는 줄 알았다.

그냥, 매화가 피고

그냥, 목련 꽃잎이 떨어지고

• 《문학세계》 등단
• 시집 『구멍』, 『깍지』 외

아까운 목숨들이 간밤에 사라져가도,

음압병실에 실려 가는

그 다급한 앰뷸런스 소리를 듣기 전,

오늘 하루는

마음대로 쓰다 버리는 몸인 줄 알았다.

한 번도 절실하게 별을 쳐다보지 못한 눈빛

너를 만난 후,

39.5℃의 열에 들떠 어둠 속 허우적거려야만,

사랑하는 사람들을 다시, 볼 수 있다는 것을 알았다.

코로나19

김두한

버려진 돌 틈에
난초꽃 한 송이

죄 없이 피었다 진다,

납빛 하늘에
푸른 녹이 슬고 있는 밤.

• 《현대시학》 등단
• 시집 『슬플 때는 거미를 보자』, 『해를 낳는 둥지』 외

악연

김복순

봄 햇살에 눈 뜬 꽃향기 맡으며
도란도란 희망을 피우려 했는데
갑작스런 너의 방문에
작은 꿈 산산이 부서졌다

먼지처럼 무게도 형상도 없이
붉은 얼굴을 숨긴 채
회오리바람 일으켜
내 안락한 일상을 모조리 짓밟았지

그 바람에 묶여버린 내 몸
뒤돌아서 가족을 먼 길 보내고
준비되지 않는 이별에
분함과 억장이 무너져 내렸지

• 《시선》 등단
• 시집 『정 수리 센터를 찾습니다』

일생에 단 한 번 너와 동침은
폐 속까지 분신이 스며들어
생사를 흔들고
널브러진 자유를 앗아갈 줄이야

유령처럼 다녀간
너 역시 살아남기 위해서겠지
네가 살려면 내가 죽고
너를 죽여야 내가 사는 경쟁은 나도 싫다
우리의 힘겨루기는 내려놓자

그렇게 센 너를 만나서
작고 소중한 걸 얻고
독소를 막는 면역력이 생겼으니
나는 너를 용서할 거야

다시 일어나 봄을 기다릴 거야

이쁘게 손 흔드네

김분옥

사방에서 엿보네. 집요하네.

애틋. 오묘. 익숙한 블루(blue)는 내 전문
코로나 너는 절대 아니지

베란다 거실 꽃 만발해도
네가 막는 공기 저편의 많은 풍요로움
그립네. 젖고 싶네. 겨누고 싶네.

염치없이 버티고 있는 너. 너.
가. 빨리 꺼져. 굿바이! 하면서도, 나

당연 이쁜 척, 이쁘게 손 흔드네.

• 《문예한국》 등단

하늘 높고 푸르름 가득한데, 이 세월에 나는 어찌하나.

항상 blue인 나는 어쩌나. 그래그래, 블루 가득해도 그냥 새겨야지. 이쁜 척해야지.

해서, 목줄 타고 기침으로 넘어온 시 한 수.

숙주

김상연

내 비록 가난하여
가진 거라고는 몸뚱이뿐이나
즐겁고 기쁜 마음으로
기꺼이

당신의 숙주가 되어드릴테니

코로나 씨

아니
아니

코비드 씨

무비자로 국경 넘나들며

• 《우리문학》 등단

이 여자 저 여자 찝쩍대지 말고

그냥,

내 치마폭에서 놀아요

한눈팔아 봐야 별 여자 없은께

모든 것들은 그날을 꿈꾸기에 우는 것이다
- COVID-19의 나날들

김상윤

창문이 있다 밖에서 보면 지구는 가슴마다 창을 달고 있다 그래서 푸른 빛깔로 보이는 것이다.

가슴에 피어나는 분홍 꽃, 숨과 온기와 수분과 활력을 뿜고 있다 천국과 지옥 뒤섞여 있는 이곳, 견디려면 그런 꽃이 피어야 한다 견디면서 창밖 하늘을 바라고 있다.

늘 울고 있다 달에서 보면 푸르게 보이는 건 그 때문이다 모든 것들이 그날을 꿈꾸기에, 바위와 짐승, 꽃과 사람이 함께 울고 있다. 울어서 치유된 생명으로, 생명이기 위하여, 삶과 죽음 뒤엉켜 있는 지금을, 이겨내려 지구는 눈물의 방호복 입고 정지된 시간 속을 어둠과 싸우고 있다.

이산가족 된 지 두 달째지만 초저녁 상현달 깜박이는 개밥바라기 여전하구나 오늘은 창문 활짝 열고 밥을 먹는다 울면서 벽 너

• 《문학세계》 등단
• 시집 『슈뢰딩거의 고양이』

머를 꿈꾸기에. 찬찬히 그리고 담대히*

* 찬찬히 그리고 담대히: 2020년 4월 3일 자 질병관리본부 공식 포스트 [코로나19 오늘의 한마디]에서 가져옴.

시작 노트

COVID(코로나바이러스 감염증)-19, 국내 첫 확진자 발생 75일 만인 2020년 4월 4일 00시 한국 확진자 10,156명, 격리해제 6,325명, 사망 177명, 전 세계 확진자 993,532명, 사망 51,044명. 한국과 전 세계는 현재 '생명과 사랑'을 꿈꾸고 있는 사람들에 의해 지켜지고 있다. 또 각자의 자리에서 서로 믿고 격려하고, 묵묵히 견디며, 해야 할 바를 해내는 사람들에 의해 유지되고 있다. 비록 일부 몰지각한 사람들의 비상식과 폭력과 탐욕이 작동할지라도 선은 마침내 승리할 것이다. 선한 사람들의 눈물의 기도와 사랑의 실천이 마침내 코로나바이러스를 몰아낼 것이다.

COVID 19 - 속설조로

옷깃만 스쳐도 인연이라는

고비가 토정土精이라는

검은 빛,

그 돌기와 비말의 행방

혹은

금지된 국가

• 《월간문학》 등단
• 시집 『영혼의 닻』

일전 바티칸에서 보내온 한 장의 사진이 오래 마음에 남는다. 흰옷 차림
의 프란치스코 교황이 홀로 미사를 집전하는 모습이다. 텅 빈 성베드로 광
장엔 봄비가 내리고 서서히 어둠이 드리워진다. 우산도 쓰지 않고 홀로 광
장을 걸어 단상으로 향하는 교황의 뒷모습. 그날의 강론은 나와 너가 아니
라, "우르비 에트 오르비 Urbi et orbi - 로마 도시와 전 세계"를 향한 건강
과 위로의 메시지였다. 흑백의 대비로 처리된 검은 빛, 그것은 "꽃들의 이
름을 일일이 묻지 않고/ 꽃마다 품 안에 받아들이는/ 빛"이다. "붉음보다
도 더 붉고/ 아픔보다도 더 아픈,/ 빛을 넘어/ 빛에 닿은/ 단 하나의 빛"(김
현승, 「검은 빛」)이다. 절망이라는 희망, 닫힌 열림을 간구하며 나는 가고
없는 사람의 이름을 부른다. 인적 드문 강가에서, 산에서, 혼자만의 방에
서… 나는 검은 빛, 아니 존재의 돌기와 비말, 그 행방을 찾아 나선다. 왕
관의 모습을 닮았다 하는 코로나의 돌기(突起)는 돌출된 모습이나 상태라
기보다, 하나의 생기(生起)로서 일어남이다. 사건이다. 비말 또한 날아 흩
어지는 물방울로서 세계와 국가를 우연적으로 연대한다. 그 결과 세계는
지금 '옷깃만 스쳐도 인연'이라는 코로나의 파급력으로 금지된 국가의
시민이 되어 있다. '고비에 인삼-토정(土精)'이란 말처럼, 설상가상으로
사회적·심리적 파탄지경에 놓여 있다. 지금 이 순간, 한국과 이탈리아, 미
국과 스페인과 이란의 누군가는 눈을 감고, 또 눈을 감을 것이다. "새들은

어디서 마지막 눈을 감을까"(파블로 네루다, 『질문의 책 El Libro de la Preguntas』). 그리고 질병과 죽음 너머엔 무엇이 있을까.

봄, 낯설다

김석

익숙한 일상을 버리고 찾아온,

얼굴 없는 봄으로 다가온,

코로나

낯설다!

코와 입 막는,

향기 없이 번지는,

• 《시인정신》, 《문학청춘》 등단
• 시집 『거꾸로 사는 삶』, 『침묵이라는 말을 갖고 싶다』 외

2020년의 봄은 낯익은 과거의 봄과 다르다. 겨울은 멀고 봄은 가까운 어느 날, 느닷없이 황사처럼 찾아온 불청객. 코로나로 올해의 봄은 낯설다. 코로나, 라는 단어도 낯설다. 얼굴도 없이 다가온 코로나, 익숙한 우리의 일상을 바꾸어 놓았다. 꽃은 피었는데, 꽃구경 오라던 꽃들은 그대로인데, 사람들은 오지 말라고 한다. 꽃은 아무 말이 없는데 코로나가 막는다. 코와 입을 막고, 사람과 사람과의 접촉을 막고, 사회적 거리, 라는 듣지도 보지도 못한 말로 접촉을 막으며 관계를 단절시키고 있다.

익숙한 일상을 버린,

얼굴 없이 다가온,

코와 입 막는,

향기 없이 번지는, 코로나의 봄은 낯설다.

낯익은 봄의 향기를 맡고 싶다. 코로나, 라는 옷을 벗어버리고 시원한 여름을 맞고 싶다. 이 봄이 가기 전에 익숙한 일상으로, 반가운 얼굴들이 다가오는, 코와 입 막는 마스크를 벗어버린 낯익은 봄을 보고 싶다. 상큼한 봄의 향기로운 냄새를 맡을 수 있는 그런 날이 오기를 바란다. 낯선 봄이 낯익은 봄이 되기를 바란다. 일상을 회복하기를 바란다. 간절한 마음으로….

흰구름의 시간

김선굉

팔공산 능선 위에 가볍게 떠있는 구름을 본다.
제 몸을 금호강에 비춰보고 있는 구름을 본다.
오랜만에 고요히 바라보는 흰구름의 시간.
맑은 바람이 불어 풍경은 고요히 흔들린다.
코로나19는 밖으로 나가는 문을 철커덕 닫아걸더니,
거기 문이 있는 줄도 몰랐던 내 가슴의 문을,
어떻게 여는지도 몰랐던 내 마음의 문을
쉽게 열어젖히고 안을 들여다보게 한다.
오래전 그 안에 떠있던 푸른 하늘과
유유히 떠가던 흰구름의 시간은 간데없다.
깨진 거울의 가슴이며 캄캄히 저무는 마음이다.
코로나19는 니가 나보다 더 무섭지 않느냐며,
네 곁에도 저보다 더 무서운 게 널렸지 않느냐며,
마음을 여는 마스터키를 내 손에 쥐어준다.
하루에 한 번씩은 흰구름의 시간이 흐르게 하고,
하루에 한 번씩은 환한 등불을 내다 걸어라 한다.

• 《심상》 등단
• 시집 『장 주네를 생각함』, 시선집 『술 한 잔에 시 한 수로』 외

신발 속 작은 돌멩이를 털어내고

김옥경

대구로 배송되어온 코로나19
발신자를 찾을 수 없다

날마다 복사되어 가는 바이러스는
수상한 사람들의 은밀하고도
비밀스러운 행적에 전파되어
확진자의 수를 점점 넓혀갔다

미궁에 빠진 도시는
문을 걸어 잠그고 불안의 커튼을 친다

겨울이 가고 봄이 찾아왔다
끝이 보이지 않는 날들에 지쳐
풀처럼 누워있던 날
하늘은 나에게 말했다

• 《시와 사람》 등단
• 시집 『벽에 걸린 여자』, 『바다의 전설』 외

걱정 마, 걱정 마
그냥 밖으로 나와 봐

나는 세상을 향해 걸어야겠다
신발 속 작은 돌멩이를 털어내고
술렁이다 부풀다가
언젠가는 빠져버릴 바이러스
우리들의 견고한 울타리는 넘지 못해

구름이 가볍게 앞산을 넘어간다

연둣빛으로 변해가는 4월의 오후였다

창조주가 원하는 바

김용락

코로나19 때문에
매 주말 하던 下邸를 못 하고
두려운 마음에 주말 서울 자취방 구석에 배를 깔고
무료한 시간을 보내면서

고교시절 읽었던 까뮈의 페스트를
다시 뒤적거려 보고
글로벌 지성들의 재빠른 코로나19 이후의 세계라는
논평을 검색도 해보고
마스크를 쓰지 않고 해 저물녘
대학가 동네 뒷골목을 어슬렁거려도 보던 중

국립대 교수를 지낸 동향의 원로 여성시인께서
예상치 못했던 문자를 보내왔다

• 창비 시집 『마침내 시인이여』 등단
• 시집 『산수유나무』, 『하염없이 낮은 지붕』 외

"부인과 가족, 대구에 계시는 듯~
조심하시기 바라오며, 모두 항상 강건하시기 기도합니다
어쩌면 인간이 받아 마땅한 형벌 같으나
아까운 생명들- 창조주도 원하는 바는 아닐 듯
빨리 진화, 박멸, 회복시켜주시기 빌기만 합니다 - 아멘"

봉제사 접빈객의 고향 전통예절이 몸에 밴 듯한
게다가 아멘과 같은 영성을 깃들인
이 뜻밖의 기습적인 안부 문장
바이러스 따위에 결코 사라질 수 없는 노거수와 같은
품격과 향취를 읽는다
인간을 읽는다

노모 일기·2

김욱진

비슬산 기슭 양동마을

코로나 돈다는 소문에 노인정조차 문 다 걸어 잠그고

골목엔 땟거리 구하러 나온 고양이들만 간간이 돌아다닐 뿐

봄은 와서 개나리 벚꽃 흐드러지게 피었는데

이맘때면 쑥 캐서 장에 갖다 파는 재미가 쏠쏠하셨던 어머니

여차저차 생병이 나셨는지 속앓이를 하신건지

며칠 째 먹지도 싸지도 못했다는 전화를 받고

부랴, 응급실로 모시고 가

구순 넘은 노구의 몸속을 면경알처럼 싹 다 훔쳐봤다

밥통 똥통 다 틀어막혀 온통 의혹 덩어리로 울퉁불퉁

몇 달을 못 넘기실 것 같단다

암울한 그 소식 아랑곳 않고

의사 선생님은 곧장 링거 꽂고 한 3일 굶으면 다 낫는다는

묘약 처방을 내렸다

암, 그러면 그렇지

• 《시문학》 등단
• 시집 『행복 채널』, 『참, 조용한 혁명』 외

구십 평생 병원 밥 먹고 누워 있어 본 적 없는데
내가 무신 코레라 빙이라도 들었나, 입마개하고 여기 갇혀 있게
이제 난 쑥이나 뜯으러 갈란다, 하시고는
화장실 들어가 온 바짓가랑이에다 똥오줌 술술 다 싸붙이고서
야, 속이 시원하다 그러시지 뭔가

시작 노트

해거름 무렵이면
노인정 가서 저마다 집에서 가져온 자투리 반찬 내놓고 둘러앉아
이 집 골금짠지는 짭니, 저 집 고추장은 맵니 싱겁니 옥신각신하면서
다 함께 밥 비벼 나눠 먹고
먹다 남은 찌꺼기는 멍멍이 밥그릇에 부어주고
은근슬쩍 입 다시는 길고양이들에게도 던져주고
오늘 같은 봄날 밭둑 무질고 앉아 쑥도 뜯고 돈나물도 캐고 하던
노모의 일상을 송두리째 다 빼앗아가 버린 코로나…
너의 일상이 참, 수상하구나

코로나19

김윤현

보이지 않는 곳에서
사람의 이름을 빼앗아 가네
유령처럼
빼앗은 이름 어디로 던져버리고 대신 번호를 붙이게 하네
숫자로 덜컹 내려앉히네
이름 버젓이 놔두고 익명의 인간으로 전락시키네
무증상 확진자
유령이 되게 하네
그러다 누군가에게 유령처럼 달라붙어
또 다른 유령으로 만드네
의료인들이 죽을힘을 다해 벽을 쳐 보네
언제 유령이 될지도 모르면서

• 《분단시대》 등단
• 시집 『지동설』, 『발에 차이는 돌도 경전이다』 외

틈새

김은령

코로나19 창궐로 나라가 쑥대밭인데

그 틈새,
어디 교수 자리 하나 비었는데 그 자리 이번에 꼭 가야겠다며
잘 아는 법사님 있으면 비책 받아 달라고
숨겨놓은 생년월일 정성스레 문자로 찍어 보내는 년,
(그거 알면 내가 교수되었겠지…)
일 년 넘게 죽을힘 다해 준비해 온 일
이때다 싶은지
확 뒤엎고도 뻔뻔하고 당당한 놈들,
코로나보다 더 무섭고 끔찍하여
할 일도 없고, 있어도 할 수 없는데

그 틈 사이
홍매 눈 뜨네

• 《불교문예》 등단
• 시집 『차경』, 『잠시 위탁했다』 외

붉디붉은 입술 살포시 열고 있네
지난봄 묘목시장 가서 헐한 맛에
가장 볼품없는 걸 데리고 왔는데
사람보다 뜨뜻하게 와주네
저 입술 다 열릴 때 보름달도 뜰 것 같고
교교한 달빛 아래 매향 진동할 것인즉
꽃보다 사람?
이 봄날 사람보다 꽃이네

봄날은 간다

김은영

절뚝거리는 봄볕
마주하고도 위로 한번 해 주지 못했네
은밀하게 말하면
다가갈 수 있는 사이의 거리가 너무 멀었네
버점 핀 나무들이 눈물 같은 꽃잎을 떨굴 때까지
애써 모른 척
이 계절 다 가도록
한 번도 겪어보지 못한 그 상황 익숙해지는 사이
그래도 안부를 묻고
사랑하고
위로하고
놀람을 잠재우며
희망가를 준비하는 우리들 미소에
슬픈
봄날은 간다

• 《미래문학》 등단
• 시집 『나비』

달달한 봄

잠 설치고 일어난 아침이면
둥둥 허공을 떠다니는 숫자들

말을 배우는 신기한 아이처럼
일 이 삼 사 오를 외치는 사이
소식 없던 친구가 안부를 물어와요

살가운 언빌리버블
우리는 점점 숫자에 무감각해지죠
기하급수적이라는 말의 의미를 생각해요

잠깐 사이 삐죽 고개 내민 난초에게도
활개 치는 산수유 꽃에게도
우리는 더 이상 서로 믿지 못해
눈인사를 나누어야만 해요

불안에 자꾸만 목이 따끔거려도
휴업 팻말 걸린 식당을 바라보며
오늘 먹는 햄버거는 언빌리버블이죠

믿기 어려운 봄이 안겨와요
정말이야, 이건
언빌리버블

시작 노트

만물이 생동하는 봄이다
그러나 여느 때와 다른 이상한 未曾有의 봄은
우리를 알 수 없는 불안 속에 가두었다

엎치락뒤치락 잠을 자고 난 아침이면,
기하급수적으로 늘어만 가는 무서운 숫자 앞에서
꿈이 아닐까 하지만 이건 우리의 현실이다

낯선 코로나가 지배하는 잿빛의 텅 빈 도시,
유령처럼 퀭한 눈으로 인사를 할 수밖에 없는 우리
정말이지 믿기 어려운 날들이 갑갑하게 이어지고 있다

휴점 간판이 내걸린 식당을 바라보며
언빌리버블 버거를 먹은 그날은
이 악몽이 다만 달달한 봄이기를 바랐는데….

코로나 등불

김종태

익숙했던 일상
닫힘 모드로 바뀌니
남아 도는 건 시간뿐이다

이차판에
하루 만 보는 걸어야겠다며
범어동산 넘어가
갑갑해하던 친구들 만났다

하찮게 여긴 바이러스에
무너진 봄날을 안주 삼아
막걸리 몇 병 마시고는

보이는 것과 보이지 않는 것들이
함께 넘실거리는 늦은 밤

• 《문장》 등단

산 넘어 오는데

멀쩡한 눈에도 보이지 않는
코로나 바이러스
잘 피해서 오라며

아버지
산책길 열림 모드로
불 밝혀 두고 가셨다

다시, 봄

김창제

꽃 피는 소리에
놀란 새 한 마리
헛발질에
하늘을 난다

코로나에 놀란
새싹이 노랗다
올봄, 참 신통하게 붉다

• 《자유문학》, 《대구문학》 등단
• 시집 『나사』, 『경계가 환하다』 외

봄날은 간다

봄날은 푸른 구름이라고 불러야 하나
바람 건너오는 매화 향기에 취해
눈부신 분홍치마 자락을 보느라,

뒷산에 올라 숲과 돌의 가슴속에
발가락을 담갔다가 먼 산 너머 보네

도시는 전쟁의 폐허, 침묵하는 식당들
숨어서 노리는 코로나19
카톡, 카톡, 아가씨가 친절하게
어제도 왔고 오늘도 오네

양성 판정을 받은 환자가
하룻밤 사이 무더기로 쏟아져 나왔네
감기약처럼 몽롱한 31번, 확진자

• 《시와 사람》 등단
• 시집 『무화과 나무가 있는 여관』, 『바람과 달과 고분들』 외

고양이처럼 발자국을 찍고 다닌 말씀 따라

봄꽃들 화르르화르르
세균으로 마른기침으로 번져
고통 받는 이들에게 약이 되지 못하는

창살 없는 감옥의 유배지에서
내가 할 수 있는 일이란,
매화 꽃잎의 법문 앞에 귀를 열고
봄바람에 좌선하는 일

불청객

김형범

2019년 12월 중국 우한에서 태어난 코로나19
비자도 없이 2020년 대구 왔다

코로나가 말한다
누구라도 떨어져 있고
여기저기 모임 제발 다니지 말고 집에 가족과 있으란다
쓸데없는 말 많이 하지 말고 이제 입 좀 닫고 살으라네

코로나가 말한다
누구를 만나도 악수는 하지 말고 마스크는 꼭 쓰고
기침 나면 옷소매에 하고 얼굴은 절대 만지지 말라 한다
손은 비누로 30초 이상 씻고 씻으라네

코로나가 말한다
열나고 목 아프고 기침 나면 대중교통 타지 말고

• 《사람과 문학》 등단

보건소로 전화하고 가라 한다
자가격리 하게 되면 정직하게 하라네

코로나가 말한다
오지 마라 하여도 다시 오고
보이지 않는 것을 보라하고
보이지 않는 것도 조심하라네

코로나19
올봄은 너 때문에 모두 슬프다

사회적 거리두기

노현수

그래 숨이 찼겠다
꽃 피우기 위해
지기 위해…

텅 빈 도시가 앓는다
나를 닦달하고 나를 경계한다
무표정한 날들 길어지고
한 줌 그리움도 지쳐간다

흰 꽃잎만 바라보다
꽃잎에 감염된 몸
온몸이 불청객이다
누구를 훼방하지도 훼방받지도 않는
꽃의 시간에 내가 갇혀 있다

• 《다층》 등단
• 시집 『방』

전전긍긍 버티고 있는 사람들
웃음이 사라지고
침묵이 말을 삼키고
두두룩 흰 꽃잎 다 진다

나와 너 너와 나의 거리가 멀다

기도를 뒤집다

모현숙

자식 어깨의 짐이 되지 않게
하루라도 빨리, 자는 잠결에
저를 데려가 주시옵소서

독거노인의 간절하던 새벽 기도,
그 기도가 3월엔 뒤집혔다

제가 지금 코로나에 감염되어 죽으면
장례 치르는 자식을 두 배 힘들게 만드는 일이니
코로나 끝날 때까지 저를 무탈하게 해주시고
코로나 끝나거든 그땐 언제든지 데려가 주시옵소서

노인들은 간절하던 기도까지 뒤집었고
사람들은 스스로의 동선을 꽁꽁 묶어
벚꽃을 그냥 보내고, 개나리를 외면하며

• 《조선문학》 등단
• 시집 『바람자루엔 바람이 없다』

조문객마저 거절한 채 이별까지 격리했던
대구의 봄은 2미터 밖에서 각자 울고 있었다

뒤집힌 기도의 간절한 동선 따라
스스로를 묶었던 봄이 격리 해제될 때
우리 팔에 매달려 간지럼 태울 봄의 어린 팔
힘껏 잡아 우리 옆에 바짝 당겨 앉혀둘 거다

뒤로 돌아

문수영

쉼표가 필요했나, 너무 빨리 달려왔나

AI까지 만든 사람들 거침없이 달렸는데
자연 속에서 야생동물 함부로 섭취하다
그로부터 나온 바이러스에 공격당하고 있다
보이지도 않으면서
둥근 몸 전신에 빨판을 휘감은 신종 바이러스
시계를 멈추어 놓았다.

뒤로 돌아 가!
원시를 희구하며
누군가 명령하는 듯,
전염병이 돌자
공장이 멈추고 자동차 행렬이 줄어들었다
꽃들이 제 빛을 발하고

• 《시를 사랑하는 사람들》 등단
• 시집 『화음』, 『눈뜨는 봄』 외

새들은 짝지어 사랑을 노래한다
강물을 거슬러 오르는 연어의 유연함이여!
사람들은 창도 없는 동굴에서
봄이 오기만 기다린다
거꾸로 가는 열차를 탄 금융업, 기업들…

고맙다, 코로나야!
너로 인해 부지런해졌고
자연의 맨얼굴을 볼 수 있게 되어서

시작 노트

물질문명이 발달하면서 점점 인간미가 사라지고 사람 사이가 멀어지는
것을 평소 안타까워했다. AI가 사람을 대신하고 사람들은 점점 갈 곳을 잃
어가고 있었다. 그런 와중에 신종 바이러스가 등장하여 사람들을 혼란 속
에 빠뜨린다. 2020년 우리는 힘겨운 봄을 맞고 있다. 겨우내 움츠렸다가
잊지 않고 피어나는 봄꽃을 노래하던 예년과 달리 코로나19 때문에 꽃을

찬양할 겨를이 없다. 봄은 그렇게 와서 성큼성큼 다른 계절로 가는데 아직도 세계는 확진자와 사망자가 나오고 그것을 지켜보는 우리는 아프다. 우리나라에서 대구경북이 그 중심에 서 있어서 더욱 그렇다. 하지만 이제 가닥이 잡혀 가고 있는 것 같다. 어서 빨리 코로나19의 공포에서 벗어나 비 온 뒤에 땅이 굳어지듯이 맑고 깨끗한 자연과 더불어 더욱 나은 일상으로 돌아가기를 바란다.

그러나, 봄

박경조

입덧 달래줄 냉잇국 들고, 초록이* 살피러 가는 길
꽉 낀 마스크 너머, 아파트 담장 개나리도 만납니다
그래, 라고 추임새를 넣지 못했습니다
겨우내 살얼음판 건너와
'특별재난지역' 금禁줄 두른 대구에도
봄은 노랗게 생명의 등을 켜기 시작합니다만,

자연을 저버린 세상에 주는 경고일까요?
스멀스멀 기어 온 코로나19
확진, 또 확진
두류정수장에서 긴급 출동하는 구급차들
속수무책, 정수장의 봄볕도
굳게 닫혀가는 상점들과 적막한 도로를,
막 피기 시작한 목련 아래 주저앉은 탄식을,
숨죽여 내려다봅니다

• 《사람의 문학》 등단
• 시집 『밥 한 봉지』, 『별자리』 외

그러나, 봄
'사회적 거리두기'도 생명에 대한 예의라면
냉정하게 비켜 서 보는 당신과 나도
다시, 일상의 마당에 씨앗 뿌리고
푸른 묘목 제자리에 다져 심어야 할, 때
봄입니다

곧 태어날 초록이의 첫, 봄입니다

* 만삭의 딸이 가진, 아기의 태명

대구로 오는 길

박금선

빛고을을 시작으로 달려왔습니다
멀리 가까이 여기저기서
망설임 없이 내달려왔습니다
"달구벌이 많이 아파요"

너무 갑자기 시작된 이 전쟁
상대를 알 수 없는 보이지 않는
적과 싸우고 있는
고통과 땀 눈물이 뒤섞인 거리를

태풍 속으로 비바람 속으로
홀연히 자기를 던진 사람들
선뜻 나서기 어려운 길을
뜨거운 첫사랑처럼 찾아왔습니다

• 《문학세계》 등단
• 시집 『숲으로 오라』, 『아무 일 없는 것처럼』 외

한 발도 내딛기 힘든 하루를
오롯이 바치기로
오직 전투에서 살아 돌아오기를
모르는 누군가를 위해 기도해야만 했습니다

꽃길이 아니기에
굽이굽이 놓인 위험이란 담장을 넘고
기침소리 들끓는 침상을 지키려고
불안한 밤을 잠재우려고 온 길

무슨 말을 할까요?
젖어버린 많은 눈과 눈으로 인사하며
불길 속으로 들어서는 당신
세균 속으로 손을 내미는 당신

대구로 오는 길
내일 또 내일은 희망으로 버티라고

벼랑 끝에서 꽃을 피우는 사람들
향기가 멀리멀리 퍼져나가고 있습니다

노아의 方舟

박방희

전 세계 팬데믹 현상을 불러온 우한발 코로나19 바이러스 사태
는 현대판 홍수이다.
저마다 문단속하고 울타리 쳐놓은 집, 집, 집, 집은
이 시대 노아의 방주

문 닫고 창 닫고 표류하는 세상 속을 둥둥 떠다니며
석 달 열흘 수위가 낮아질 때까지

속수무책 물끄러미 창밖을 내다보며
푸른 육지가 드러나기를
기다리는…

비는 여전히 내리고
우리는 아직 방주의 문을 열지 못한다.

• 《유심》 등단
• 시집 『나무 다비』, 『허공도 짚을 게 있다』 외

처용 불러 노래하세

박복조

온 대구가 멈췄다
온 대구가 갇혔다, 온 대구가 문을 닫고

텅 빈 거리에 바람보다 더 빨리 날아다니는 역신疫神
목 조르고 덤벼든다
보이지도 들리지도 않게 다가와 물어뜯어,
변신하고 궁글며 천지를 휩쓴다

머리에 열아홉 개 왕관 쓴 역귀, 코로나19로구나
뻘건 왕관을 녹여 내자, 백신으로 쳐부수자

대구 경북은 대한민국 안 절해고도
신음하며 죽어간다
들끓는 고열에, 허파 허옇게 뒤집힌 사람들
화장터로 줄줄이 죽음의 행진

• 시집 『사람을 버리리라』 등단
• 시집 『세상으로 트인 문』, 『빛을 그리다』 외

이름을 뺏기고 번호로 호명된다

치료하는 의병들 어디서든 달려와 함께하고 있다
힘내라 대구 경북, 잘 이겨내고 있다

중국 우한에서 대한민국으로, 이태리, 불란서, 미국에 인도,
지구가 불탄다 억 개의 발 달린 바이러스가 창궐하고 있다
사람이 죽어 나간다 전쟁이 터졌다
우리가 만든 바이러스 우리 손으로 해치워야 한다

처용을 모셔 오세
처용가 구성진 가락으로 역신을 물리치자
덩더쿵 더덩실 처용무 춤추세, 우주 어디든 팔 벌리고
역귀를 쫓아내세
알코올로 그린 팥죽색 처용 얼굴, 대문에 붙이세

하늘은 또 한 번 우리 죄를 용서해, 사람을 살릴 것이네

코로나19는 밥그릇을 빼앗고 목숨을 앗아가려 했다. 절해고도가 된 대구는 죽음의 문전에 갇혀, 견뎌내며 이기며 긴 터널을 건너고 있다. 혈투였다. 詩라기보다, 훗날 코로나 전쟁의 한 부분만이라도 짧은 글 속에 넣어 보려 했다. 슬픈 역사를 극사실의 화면으로 비추고 싶었다. 세계의 공포 속에서 죽음으로 내몰린 사람들, 앞으로 전쟁은 바이러스 전쟁이 될 것이다. 문득 신라의 처용을 모시고 싶었다. 처용무에 처용가를 부르며 잠시 벗어나고 싶었다. 역신이 사죄하며 물러나는 그 노랫가락, 휘이휘이 즉흥시로 노래하고 싶었다. 치료약, 백신을 기다리면서, 그러나 우리는 모두 부활할 것이다.

쑥 이야기

봄이 오면
지산동 발갱이들에 가서
쑥 뜯던 생각 난다

오랜 옛날에 보넴 씨랑 지 씨랑
봄 해쑥 캐러 다니던 시절

언제 이리 봄을 담으셨나요
보넴도 봄이라 해도 될까요
요래, 애교 떨며 나를 간지럼 태우던 봄처자

현지답사 미리 해놔야
쑥 소쿠리 들고 헤맬 리 없다며
눈앞이 뻥 뚫리고
고즈넉이 강물 흐르고

• 《문학정신》 등단
• 시집 『카페 물땡땡』

케이티엑스 기차가 쌩쌩 달리는
멋진 쑥밭 찾아놓고
손꼽아 기다리던 봄날이
이윽고 발아래 당도하였는데

쑥 뜯으러 가자더니
혼자 구례 화엄사로
홍매 만나러 가버렸다

난 또 요즘 정치권에 부는
배반의 봄바람 잘못 쐬서
변심의 감기라도 걸렸나 보다 하고
나날이 걱정의 우물에 빠져들었다

물속에서 허우적대느라
손발 기운 다 떨어지고
세월 바다 깊숙이 가라앉았다

오랜 옛날보다 더 먼 옛날에
쑥 먹고 달래 먹고 기도해
인간이 된 보냄이 또 기도했다

빨리 정상 궤도로
돌아오게 해주세요

봄이 오면
쑥도 캐러 가야 하고
강가에 가서 물수제비도 떠야 하고
산행도 가야 하는데
할 일이 너무 많아요

간절히 기도한 덕분으로
기운은 차렸지만
이제는 봄이 와도 아무 데도
오도 가도 못 하는 신세가 됐다

어떤 감기보다 쎈놈이
세상 천지를 흑암으로 물들여
사회적 거리두기 부적을
이마에 입술에 대문에 안방에
온 데 다 붙이고 살아야 한다

그놈에 코로나 망령이
간신히 눈틀 뚫고 올라온 쑥을
모조리 갈아엎었다

홍매화 진달래 흐드러지고
쑥이 지천에 자라던 봄은 어딜 갔나
쑥 캐러 가고 싶다

오랜만에 바깥에 나와 가까운 동네 마트에 장 보러 갔다. 밖으로 나다니는 것이 여전히 조심스럽지만 코로나 사태가 장기화될 것을 대비해 반찬거리와 군것질거리를 충분히 장만해 왔다. 마트에서 사온 쑥을 다듬어 점심때 된장 쑥국을 끓여 먹었다. 향긋한 쑥의 향내와 구수한 된장이 어우러진 맛이 엄지 척이다. 코로나로 인해 잔뜩 위축된 마음과 겨우내 얼어붙은 몸이 한꺼번에 확 풀린다. 쑥은 약이다. 아득한 옛날, 단군 시절에 곰을 인간으로 만든 명약이 쑥이다. 7년 된 병을 3년 묵은 쑥을 먹고 고쳤다는 민담도 있다. 히로시마 원자폭탄 잿더미 속에서 가장 먼저 피어오른 식물이 쑥이라는 사실은 질기고 강한 생명력을 나타내는 증좌다. 약탕 한 그릇 든든하게 챙겨 먹었으니, 이제 코로나 때문에 바짝 쫄아 지낼 필요 없겠다. 어머니 손에 이끌려 청도 운문사 근처의 운문산 자락 산골짜기에 가서 쑥을 캐던 스무 살 무렵의 추억 한 장 떠오른다. 소쿠리 옆에 끼고 엉덩이 씰룩대며 가는 동네 처자들의 관능적인 뒷모습도 눈앞에 선연하게 그려진다. 문밖에 머뭇거리는 코로나가 후딱 지나가서 봄날이 가기 전에 산으로 들녘으로 쑥 뜯으러 다니고 싶다.

두 스승

박선주

코로나19로

두 달여 집 안에만
계시던 여든 노모와

꽃 좋다는 가창 청도로
벚꽃 구경을 간다

노모는 가창 벚꽃길을
보시면서

김실아

꽃들은 추운 겨울을
말없이 견디고

• 《사람의 문학》 등단

차례로 또 말없이 피고
지고 한다 하신다

자연이 참 스승이다
하시면서

갑자기 합장을 하신다

그 모습을 보고

꽃들이 감동하고 나도
감동한다

오늘은 꽃도 어머니도
참 스승이다

빌어먹을

박숙이

도심의 거리가 죽은 듯이 조용했지만
여느 때와 다름없이 출근 버스에 올랐다

카드를 찍고 스윽 앞을 바라보니, 이 큰 버스에 글쎄 나 한 사람뿐
이네
버스 기사에게, 내외하듯, 민망하듯, 미안하듯…,
그래야만이 최소한 대형버스를 혼자 타고 가는 사람의 예의인 듯
했으니,

정적은 묵묵히 소독 냄새에 휩싸이고
앞을 다투던 출근길은 설거지해 놓은 듯 깨끗하다
창문을 쪼매 여니, 봄바람이 살랑살랑 기별처럼 들어왔는데
무슨 영문인지 빌어먹을, 마스크 위로 뚝뚝 눈물이 떨어진다

하늘은 여전히 푸르고, 곳곳의 현수막들은 힘을 불끈 주고 있는데

• 《시안》 등단
• 시집 『활짝』, 『하마터면 익을 뻔했네』 외

거리를 둔 반월당 네거리는 음습한 기분마저 감돈다

간격을 둔 나무의 삶처럼 진작 좀 그리워하며 살 걸,
그간의, 너무 가까이 있어서 깊이 알지 못했던 소중함
그 소중함을, 보이지도 만져지지도 않는 신종 코로나19가
그걸 좀 알라고, 생명의 존귀함을 이제 좀 인식하라고
악성 바이러스가 단단히 회초리를 드는 것 같다

그러나 나는 참, 맹랑하고 명랑하지 않은가
이 절체절명의 시국에서도 詩人이랍시고
'신종' 이란 말이 신작 같아서 왠지 슬슬 당긴다

지명수배

박언숙

그는 학교를 빼앗긴 두 아이와
집으로 직장을 옮긴 아내를 가두고 나갔다

네 식구 오순도순 함께 밥 먹지 않기
얼싸안고 출퇴근 인사 나누지 말기
이른바 작전명 사회적 거리두기 게임이다

핵심 아이템은 마스크로 낯짝 가리기
거울도 알아보지 못하는 낯설게 하기
주먹으로 안부를 묻는 황당한 룰을 정했다

무수하게 근접했던 그와 우리들의 경계선
인연을 어이없이 묵살하는 괴이한 간격
장애물 넘어 살얼음판 딛는 환경과 관계

•《애지》등단

화살같이 긴장된 하루의 출정을 마치고
어둠 속 숨죽여 찾아든 현관문 안에서
화들짝 반기는 눈망울을 신속하게 세다

긴 숨 풀어내며 비로소 안도하는 그는
눈빛만으로 주고받는 안부가 차츰 익숙하다

기상천외한 미증유의 봄
온몸을 화살받이로 내놓은 거점병동

기어코 본능을 퍼뜨리는 봄꽃처럼
피땀으로 막아선 백의의 처절한 분발들
어느 환한 봄, 이 잔인한 추억을 말하리

콜로라도의 달밤

박용연

말발굽 먼지바람 일으키며
콜로라도 계곡을 주름잡던
한 무리 서부의 악당들
카우보이모자 밑
구렛나루 사내들의 총질은
무자비한 강탈이었다
유년의 만화책 종편으로
사라진 줄 알았던 악당의 무리들이
반세기가 지난 지구의 반대편에서
'코로나19' 라는 조직으로
스멀스멀 유령처럼 되살아났다
달밤을 순찰하던
보안관마저 사라진 지구의 도처
소리 없이 세를 넓혀 가는 그 무리 앞에
속수무책인 당신과 나

• 《문장》 등단
• 시집 『풍금』

말을 묶어 두던 '바' 거나 '카지노' 라 해도
큰 젖가슴의 핑크 여인
밀 창밖 유혹의 손짓을 해도
보안관이 나타날 그 날까지
띄 엄 띄 엄
우린 달 뜬 밤에도 모른 체 해야 한다

* 콜로라도의 달밤: 60년도 초에 나온 만화책

대구, 가창, 봄 근황

박윤배

겨우내 얼었던 까마귀 목을 타고
예감할 수 없었던 근심이 흘러나온다

봄 타는 아들에게
콩을 갈아 두부찌개를 끓이는 모성이
모서리 굴뚝을 잡고 지붕을 돌리면
언제 칭얼거림이 있었냐는 듯
맷돌을 맞잡은 우리의 손에서
담장 너머로 주르르 넘쳐나던 웃음꽃

입마개한 전깃줄 위 까마귀들
좌로 우로 간격을 벌려 앉고
병든 목청 한 마리는 온천지 까악까악
치아 흰 매화는 멋모르고 신명이 났다

• 〈매일신문〉 신춘문예 등단
• 시집 『오목눈이 증후군』 외

달려오는 구급차처럼
봄비가 다녀간 뒤 내다보는 창밖
다문다문 약쑥 덤불 우거지는 소리가
열 오른 가창의 이마를 짚어주고 있다

코로나19가 피운 꽃 한 송이

박정남

미술관도 문 닫고
도서관도 문 닫고
공연장도 문 닫고
음식점도 문 닫고
기차 안도 텅텅 비고
거리는 한산하고
네 입 내 입도 문 닫고
하지만 생년월일 생년의 끝자리 숫자에 맞춰
약국 가야 간신히 마스크를 살 수 있고
살 수만 있다면 또 사고 또 사고
먼저 내 입부터 막고
맥스크린 무색의 무독성 4리터들이 각종 바이러스
살균소독제 큰 통은 벌써부터 내 집에 들어와 앉아 있고
부지런한 남편은
아파트복도다 엘리베이터 안이다

• 《현대시학》 등단
• 시집 『숯검댕이 여자』, 『명자』 외

집안 곳곳 구석진 곳이나 손잡이나
구멍 난 곳이면 어디나 뿌려대고
코로나19 바이러스 방역으로 들앉은
사회적 거리두기, 생활 속 거리두기로
집 안에 갇혀
갈 데가 없어
매력 없는 우리 내외는
진종일 말꼬투리나 잡아가며 서로 으르렁거리고
아이, 또 그 소리
서로의 듣기 싫은 잔소리만 쏟아져 나오고
그래서 후배한테 전화 거니
그들 부부는 각 방에 들어 각자 일 하고
식사할 때나 서로 말하고
어쩌다 산책은 같이 나가는 것으로
현명한 결정을 보았다네
코로나19 바이러스 전염으로 들앉아
감옥을 사는 것도 벌써 꽉 찬 세 달째

합천 산림조합에서 연락이 와 모처럼
가창 가 찐빵과 고기만두 몇 개 사
차를 몰고 멀다면 먼 합천까지 가서
포도나무다, 대추나무다, 남천을 몇 포기 사
고령 성산 농장에 가 심고 형님 만나고
집에 돌아온 것이 정말 오랜만의 외출이었다는 것
그러고 보니 그날 재실 화단에서 잡초 제거하다
내가 부러뜨린 영산홍 꽃가지 하나가 나를 따라 와
내 푸른 유리잔에 꽂혀 매일 들여다보며 사랑했더니
그 진분홍 잔잔한 꽃봉오리들이 이내 꽃을 피우고
사흘이 가고 열흘이 가도 선명하게 제 붉은 입술을
하나도 지우지 않고 고즈넉이 피어있어 카톡에도 올리고
우리 내외가 날마다 물 갈아 주고 들여다보며 아껴주는
그 마음에 꽃들은 지지 못하고 있었구나
분에 넘치도록 고운 꽃가지 들여다보며, 고즈넉한
진분홍 꽃잎들의 침묵 속을 들여다보며
코로나19, 너는 어쩌다가 마침내는 내게 꽃으로 와서

나를 꼼짝달싹 못하게 하고 있니?

항복하게 하니?

남편과 거친 내 입까지 막고 너를 들여다보게 하니?

참 이상한 나라의 중심에는 대구가 있다

박주영

봄이 오다가 멈칫할지도 모르겠습니다
허기사 갇혀 묵언 수행 중이라 궁금하지도 않습니다
지금은 코로나 바이러스에 감염된 사람의 숫자가
매일매일 불어나는 것만 안타깝게 숨죽여 지켜볼 따름입니다
오늘도 또 많은 사람들이 세상을 떠나고 있습니다
다들 우리의 이웃입니다
갇힌 몸이 힘들지만 전국에서 달려와 준 의료진들의 고마움에
경외감이 들면서부터
내 힘듦은 얼마나 가소로운 건지요
시장에 손님이 없어 먹고 살 길이 막혔다고 울먹이던 상인들이
힘든 의료진들에게 이거라도 하면서 정성스런 도시락을 준비
해 달려가고 있습니다
마스크 사려고 비 오는 날 긴 줄에 굽이굽이 서 있어도 흐트러
지지 않습니다
더더욱 사재기는 언감생심입니다

• 《심상》 등단
• 시집 『문득, 그가 없다』 외

차분하게 규칙을 지키면서 이 고비가 하루빨리 지나가기를 묵
묵하게 기다릴 뿐입니다

잘 짜여진 각본처럼 움직이는 우리의 일상을 본 외신 기자들이
참 이상한 나라의 사람들이라고 합니다

대구가 이런 곳입니다

그런데도 확진자가 많이 나왔다는 이유로 대구를 폄훼하고 조
롱하는 건

정말 견딜 수 없는 아픔이지만 동요하지도 않습니다

문을 열면 대면없이 택배기사는 가고 없고 먹을 것들이 기다리
고 있습니다

멀리 있는 아들이 오지도 못하는 마음으로 보내준 것들을 받아
먹으면서

느끼는 야릇함은 꼼짝없이 감옥입니다

봄 오기 전에 이 고비가 끝이 날까요?아니 나겠죠…

제일 먼저 마스크 날려 보내고 햇볕을 받아 안고 싶습니다

그런 날이 빨리 오기를 기도할 뿐입니다

　유럽에선 코로나19가 들이닥치자마자 마트에 물건이 동이 날 정도로 생필품 사재기 경쟁이던데 신천지교회 감염자가 하루에 몇백 명씩 쏟아져 나오는 혼란이 와도 흔들리지 않고 성숙된 시민의식을 보여준 우리 대구의 모습은 아마 오랫동안 기억에 남을 듯합니다.

속수무책

박지영

이런 세상이 올 줄 몰랐다
보이는 것이 아니라
보이지 않는 것이
소리 소문 없이 다가와 세상을 지배했다
가만있다가 당해버렸다

어디로도 갈 수 없는 나날이 현실이 되다니
세상이 나를 가두고
집에 갇혀 오도 가도 못하다니

너를 믿을 수 없고
나도 믿을 수 없어
우리는 마스크를 쓰고
앞만 보고 그냥 스쳐지나간다

• 《심상》 등단
• 시집 『검은맛』, 『사적인 너무나 사적인 순간들』 외

세상의 마지막이 어떻게 올까 싶었는데
이렇게 올지도 모르겠다

둔탁한 망치 소리, 피아노 건반 두드리는 소리, 슬리퍼 끄는 소
리, 청소기 웅웅 소리
사이로
파전 냄새를 따라가며
축 처져 있던 슬픔의 무게를 간신히 견딘다

마당 구석 석류나무는 더 붉은 꽃을 피워
어두운 내 영혼을 쓰다듬고 있다

새의 행방

박진형

*

새벽 여섯 시
송현동 제5투표소
마스크에 비닐장갑 끼고
일 미터쯤 거리를 두고
(코로나19 팬데믹 속에)
발열 체크하고
주민등록증 확인하고
기표소에 들어가
오십 센티 가까운
투표 용지에
한 표를 찍었다

*

노인정 앞 천막에

• 〈매일신문〉 신춘문예 등단
• 시집 『몸나무의 추억』, 『퍼포먼스』 외

102

피다만 개복사꽃 위에
처음 본 새가 앉아 있다
어느 生에서 보았던가
꽁지 까닥거리며
알 듯 모를 듯
울고 있는 새

누군가의
가슴 속으로 쏘아올린
한 표의 주권

포물선을 그리며 날아간
새의 행방은?

코로나

박태진

죽어도
일식이라고
큰소리치던 내가

자가격리된 봄날
졸지에
삼식이가 되었다

남녀노소 인종국적 빈부귀천
육하원칙까지 모조리 무시하는
무지막지한 그놈 때문에

• 《문장》, 《시와 시학》 등단
• 시집 『물의 무늬가 바람이다』

코로나 때문에 일체 모임이나 만남을 금지하고 사회적 거리두기를 하라고 한다.

연일 매스컴에서 코로나 감염 공포증을 유포하고 난리를 치니 무섭기도 하고 무지막지하기도 한 그놈 때문에 스스로 자가격리에 들어가고 말았다

지금까진 아침 얻어먹고 나가는 일식이로 살았지만 어느 누구도 만날 수도 만나지도 못하는 신세가 되어 종일 마누라하고 밥만 먹는 삼식이가 되었다.

지켜야 할 것

배창환

두 살, 네 살, 내 사랑하는 아이의 두 아이가
마스크를 폭 덮어쓰고, 5월의 공원 꽃양귀비 밭에서
큰 녀석은 쪼그려 앉고
작은 녀석은 선 채로 가슴에 두 손을 모으고
꽃에 정신 팔려 꽂혀 있다
꽃이랑, 웃고 있는 아이들이 구별이 되지 않는다

지구 곳곳에서 수십만이 바이러스에 죽어나가는 지금
어젯밤 고향 성주 소성리에 도둑고양이처럼
괴물 트럭으로 사드 장비를 들여놓은 동맹국에서도
치료비 없어 죽어가는 건 주로 유색인종들이고
흑인을 압살한 백인 경찰로 전국이 폭동과 화염으로 타오르는데

시민을 힘으로 누르는 힘 있는 나라보다
시민들이 절제된 저항으로 나라를 구해 온,

• 《세계의 문학》 등단
• 시집 『별들의 고향에 다녀오다』, 『겨울 가야산』 외

평화가 힘이고 나눔이 정의인 세상을 꿈꾸고
평화를 간호하는 의료인들의 심장이 살아 있는 여기,

이 아이들의 웃음, 꽃에 쉬이 물드는 예쁜 마음보다
강한 것은 없다
지켜야 할 아름다움이 살아 있는 나라보다
더 강한 민주주의는 세상에 없다

바른 생활

변희수

이런 마음은 좋다
이런 가짐은 옳다

위층에서 쿵쿵 뛰면
마음을 버리는 생활

외출을 한다
새들은 아래위층도 없나
나무꼭대기를 올려보다가
흔들흔들 방방 같이 뛴다

마음에게 걸음걸이를 가르친다
날아가는 법을 가르친다
먼저 날뛰지 않게 주의를 준다

• 〈영남일보〉, 〈경향신문〉 신춘문에 등단
• 시집 『아무것도 아닌, 모든』, 『거기서부터 사랑을 시작하겠습니다』 외

마음이 쌓인다
공동이 쌓인다
층마다 안내방송이 흘러나온다
어려운 때는 서로서로 양해를……
일 층부터
노란 산수유꽃이
쪼르르 달린다

업었다가 안았다가
마음아 부르면

마스크를 쓴 봄이 뒤돌아본다
꽃 피는 방향으로 기침을 한다

화두, 코비드-19

사윤수

어디선가, 보이지 않는 것이 나타났다
나타났으나 보이지 않으므로
우리는 모두 눈뜬장님이 되었다

그것이 박쥐나 천산갑에서 왔다지만
혹여 소에게서 온 건 아닌지,
농경시대의 소처럼
21세기 인류가 모두 입마개를 했다

그만 떠들라, 그만 말하라
불화와 적과 재앙은 말에서 생기나니
저마다 내뱉고 쏟아내고 퍼붓는 말들,
세상이 너무 시끄러우므로
스스로는 도무지 입을 다물지 않으므로
입을 봉쇄하라는 뜻은 아닐까

• 《현대시학》 등단
• 시집 『파온』, 『그리고, 라는 저녁 무렵』 외

이제쯤 자숙하라, 침잠하라
욕망의 경제와 소비를 멈추고
없는 신神을 버리고
이 별에서 가장 해로운 건 인간이므로
세상을 오염시키는 일은 다 하지 말라
서로 너무 가까이 하지도 말며
저마다 고요히 격리하라는 뜻은 아닐까

그랬더니 그사이
바닷가에 쓰레기가 없고
오리온 별자리가 빛나고
거리엔 동물들이 나타났으므로,
보이지 않는 그것이 이렇듯
모든 걸 보여주고 있는 걸까
치명적인 무언의 말을 하고 있는 걸까

자연이 일으키는 현상은 균형을 맞추기 위함이나 경고의 의미가 크다. 바이러스의 창궐은 무엇을 경고하고 있을까. 멈추고 마비되었으며 격리와 봉쇄된 삶을 '넘어진 김에 쉬어간다' 는 옛말에 기대어본다. 헛되이 배회하던 나날도 본의 아니게 접는다. 우거에서 봉두난발로 책과 영화를 한껏 보며, 종일 음악을 들으며, 미뤄두었던 글쓰기를 이어간다. 현미경으로 확대한 코로나19의 생김새가 예쁘고도 무섭다. 그 작고 예쁜 것이 인간을 공격하고 있다. 이 화창한 봄날, 천지에 꽃 핀 보람도 없이!

막사발 동동주

서담

봄날,
무덤가
찔레꽃 같은
코로나 봄날.

입술에 대려다
못내 내려놓은
문경 막사발
흐린 동동주 한 잔.

둥근 강물에
낙하한 찔레꽃 한 잎
쌀알들 올라타
사공인 양 노 저으니
물결의 쇠스랑 뒤로

• 《시와 사람》 등단

따라오는

아버지 그을린 땀방울 이마.

연못의 봄

서하

둥둥 뜨는 나뭇잎 마스크에 마구 달려드는 검은 봄
작은 물결의 반복도 잠잠 고요하다

들리지도, 보이지도 않고 냄새도 없는 바이러스
당황스럽고 황당하지만 어쩔 수 없이 들어앉은 것을
사람들은 격리라 부른다

축축한 격리가 답답하거든 눈 들어 산을 바라보아라
애초에 격리되었어도 한마디 말없이 거기 있지 않은가
산이 새들을 품어 안을 때 움츠린 연꽃이 가슴을 푸는 건
비와 햇살과 바람의 격려 덕분,
격리는 얼마나 믿음직한 격려인가

그리움의 덧문 박차고 뛰쳐나간 청개구리
잘못 살았음을 뉘우치며 코로나 코로나 운다

• 《시안》 등단
• 시집 『아주 작은 아침』, 『저 환한 어둠』 외

제 몸에 귀 기울이던 연못이 가끔 허리를 비튼다
그 틈으로 햇살 한 줌 들어오고
움츠린 못물이 천천히 상체를 일으킨다

마스크도 쓰지 않은 봄이 부르르 몸을 떤다

시작 노트

우리의 오늘은 아직도 아프다. '방심은 금물, 단체 활동을 자제해 주세요.'라는 안전 안내문자만 격리되지 않았고 모든 게 격리 상태다.

전기가 오고가는 것이 안 보여도 스위치만 올리면 불이 켜지듯 비 온다고 해 없을까? 움츠린 개구리가 멀리 뛰듯이 움츠린 땅에도 움트는 봄이 곧 당도하리니….

가을 친구에게

성균경

세상이 온통 들뜬 날
창호지 문틈으로 촉촉이 물든 꽃단풍
시월이 알알이 푸지고 탐스럽다

하늘 노천탕 메웠던 짙푸른 열기와
열대성저기압도 낯선 추억이 되었지만
첫사랑 미끼 같은 그 생경스러움이 반갑다

 소슬바람에 가지 나부끼면
망각으로 탈피하는 뭇 가지마다 그리움 가득하고
문턱엔 철없는 낙이화落梨花가 새로운 약속으로 오는 까닭에
나 그대를 억 겹의 인연으로 알고 있노라며
어찌 풀풀 춤추던 섬약纖弱을 떠올린단 말인가

그대여 이 밤, 그림자 잃은 나무처럼

• 《사람의 문학》 등단
• 시집 『영천댐 옆, 삼귀리 정류장』 외

어둠 건너다 앙가슴 아리거든 나에게 오라
남쪽으로 채비하는 제비 불러서 같이
별빛 어린 꽃단풍 노잣돈이나 두둑이 전해줌세

내가 무섭다

손수여

전쟁은 남북 허리를 자르고 부모 형제 갈라놓았다 그래도 반세기가 지나 행존자幸存者는 만나는 사람도 있었다 천연두도 마마도 어떤 암이라도 환자 얼굴이라도 본다 마지막 가는 길 배웅도 하는데

거의 칠십 년 전 할배할매 어매아배에 자매가 살던 조용한 집에 아들이 났다고 야단법석이었다 전쟁 중에 태어나고 먹기보다 굶기가 일쑤였던 시절 피붙이 동생을 업고 벗 찾아 마실 다니던 말등에 똥오줌도 수없이 쌌다 말 등이었던 누나가 춘분날 저 강을 건너갔다 요단강인지, 도솔천인지 알 수 없는 길 의정부 어느 요양병원에서 먼 길 떠날 채비하고 있어도 한 줄기에서 난 가지가 꺾어져도 남은 가지는 아닌 척, 둥지에서 꿈쩍도 않는다 침묵 속에서 바라볼 뿐 뵈지도 않은 미세한 코로나가 길을 막고 있다고 이유 같지 않은 그런 내가 잔코보다 뻔뻔스럽고 더 무섭다

• 《한국시학》, 《시세계》 등단
• 시집 『설령 콩깍지 끼었어도 좋다』, 『반추』 외

오호통재 오호애재 아아 아리고 슬프도다 다시 못 올 먼 길 떠나시네요 부디 잘 가세요 누나, 어매아배 만나 편히 영면하소서

안개비 당신

손영숙

함께 아파하고
함께 슬퍼하려고
산을 내려온 안개비

함께 하면
아픈 게 아픈 게 아니고
슬픈 게 슬픈 게 아니라고

젖은 손으로
등을 쓰다듬고
어깨를 감싼다

안개비 손을 가진
당신
당신

• 《문학청춘》 등단
• 시집 『지붕 없는 아이들』

당신

치료하고
청소하고
음식을 나르느라
손이 젖은 당신

결핵문학

송재학

결핵문학의 전후를 마산*에서 찾는다 엽서에 입김을 남기면서
도 머뭇거리는 모월 모일, 밤이면 조금씩 아파가는 병의 흰 살결
이 눈부신 걸까 나도향과 임화를 따진다면 아름다운 마산**에서
환멸의 섬섬함을 주는 쓸쓸한 마산까지 세로의 날짜들이다 체온
이 올라가는 안개가 모이고 어디서나 종소리가 들린다 파스와 에
탐부톨을 지겨워하던 내 아우도 결핵문학***을 거치던 청춘이다
전선줄에 매달린 낮달이 웅웅거리는 신열에 시달리는 동안 경남
문학관 가는 오래된 열차표를 선뜻 받았다 그곳에서 뒷모습이 푸
르른 천사를 만나겠다 붉은 노을의 섶으로 피를 흘린다는 병의
연안은 길고 습했다 밤으로만 다니는 짐승의 생김새가 병의 이름
과 비슷하지 않은가 남천의 알록달록한 이파리 너머 수평선이 생
겨서 등대가 있다 나를 들여다보는 병과 같이 수축하는 불빛, 누
군가의 동공이기에는 너무 어둡거나 밝다 내가 알던 친숙한 감정
의 마산은 엎드려 엽서를 쓰기에 적당하게 따뜻한 곳

• 《세계의 문학》 등단
• 시집 『내간체를 얻다』, 『슬프다 풀 끗혜 이슬』 외

* 마산은 1946년 국립마산병원 설립 이전부터 우리나라 결핵 치료의 중심지이기도 했다. 나도향, 임화, 권환, 이영도, 구상, 김지하, 함석헌 등이 마산에서 치료와 요양을 했다.

** "마산에 온 지도 벌써 두 주일이 넘었습니다. 서울서 마산을 동경할 적에는 얼마나 아름다운 마산이었는지요! 그러나 이 마산에 딱 와서 보니까 동경할 적에 그 아름다운 마산이 아니요, 환멸의 섬섬함을 주는 쓸쓸한 마산이었나이다." 나도향의 단편 「피 묻은 편지 몇 쪽」 (1926년 4월, 《신민》)에서 발췌. 이 소설은 염상섭에게 보내는 편지 형식의 단편이다. 그해 8월 나도향은 지병으로 요절한다.

*** 국립마산결핵병원에서 남윤철 민응식 박철석 등이 펴낸 동인지 《청포도》는 4집까지 나왔다. 1960년대 국립마산병원 내의 결핵문학동인인 무화과 동인들이 『무화과』를 6집까지 출간했다.

마산은 신선한 공기와 따뜻한 기온 덕분으로 1946년 국립마산병원 설립 이전부터 우리나라 결핵 치료의 중심지이기도 했다. 국립신생결핵요양원, 마산교통요양원, 국립마산요양소, 제36육군병원, 공군결핵요양소, 진해해군병원 등이 중심이 되고 결핵전문 로칼도 많이 설립되어 있었다. 터키의 요양도시 파묵칼레와 다르지 않다. 문인으로 나도향, 임화, 권환, 이영도, 구상, 김지하, 함석헌 등이 마산에서 치료와 요양을 했다.

나도향은 마산에서 3개월 노산 이은상의 집에서 식객으로 머물면서 요양을 했다. 그리고 단편, 「피 묻은 편지 몇 쪽」(1926년 4월, 《신민》)에 마산의 생활을 묘사했다. "마산에 온 지도 벌써 두 주일이 넘었습니다. 서울서 마산을 동경할 적에는 얼마나 아름다운 마산이었는지요! 그러나 이 마산에 딱 와서 보니까 동경할 적에 그 아름다운 마산이 아니요, 환멸의 섬섬함을 주는 쓸쓸한 마산이었나이다." 이 소설은 염상섭에게 보내는 편지 형식이다. 그해 8월 나도향은 지병으로 요절한다.

1935년은 카프의 해산이라는 문학사적인 사건이 있던 해였다. 그해 여름 마산에 내려가 카프의 문학사적 자료를 정리하면서 임화는 결핵을 치료하였다. 그리고 거창 지주의 딸인 지하련(본명 이현욱)을 만나 결혼한다. 지하련과 임화는 동경 체류시부터 서로 알던 사이이다. 이귀례와 이혼한 임화는 자신을 헌신적으로 간병해주던 지하련과 혼인한다. 임화에게 마산은 카프의 정리, 이후 그의 문학사적 행적과 맞물린 주요한 시기였다.

김대규가 펴낸 결핵 계몽지인 《요우》와 《보건세계》가 한국전쟁 시기에 간행되었고, 남윤철 민웅식 박철석 등이 펴낸 동인지 《청포도》는 4집까지 나왔다. 1960년대 국립마산병원에서 결핵치료를 받던 13명의 시인이 모여 결성되었던 무화과 동인에서 『무화과』를 6집까지 출간했다.

* 이 시는 2주 동안 집에 있으면서 병에 대해 여러 생각을 하던 중 경남 문학 쪽 자료를 보다가 결핵문학이라는 구절과 만나 가슴이 뭉클해지면서 작업한 결과물이다. 대구의 모든 시인들이 무탈하시길 진심으로 기원하는 마음도 스며 있다.

바이러스

보이지 않는 것이 우리 삶에 관여한다는 것은
진한 두려움이다

그건 과학보다 더 과학 같아 때론
과학으로도 설명할 수 없는 벽에 부딪쳐
난감한 채, 치명적이다

사람과 사람 사이 틈을 만들고
그곳에 보이지 않는 벽을 세워 끝내
우리를 수렁으로 끌고 가 절망 앞에 서게 하는 것이

언젠가 사라질 거란 막연한 기대가 희망이 되어
우린 모두 저마다의 동굴 속에 몸을 낮춰 숨죽이지만 온통
어둠뿐이라 또 한 번
길을 놓친다

• 《현대시학》 등단
• 시집 『못갖춘마디』, 『하류』 외

어릴 적,

할머니께서 들려주시던 귀신 이야기가 오늘도 우리를

저 깊은 어둠 속으로 위태롭게 끌고 가는가

평범한 일상이 그리워지는 때입니다.

느닷없이 코로나19 바이러스가 사람을 사람답지 못하게 옥죄며, 사회적 거리두기로 서로가 서로를 멀리해야만 하는 기막힌 현실입니다. 새삼 우리 인간이 참으로 왜소하게 느껴지기도 합니다.

백신과 치료제 연구에 과학의 힘을 쏟는다지만 그리 만만한 것도 아닌가 봅니다. 설령 코로나19의 백신이나 치료제가 만들어진다 해도 또 다른 바이러스는 우리를 늘 노릴 것이고 우리는 또 죽을힘을 다해 버틸 것이고. 답답합니다.

소주 한잔 나눌 벗들이 그립습니다.

늦은 소식

신윤자

학도병으로 참전한 공로의
유공자이시던 작은아버지
현충원에 모신 윗대 마지막 분
"이제 우리 차례다"는 실감의 몇 해
코로나19는
가까운 곳을 돌아서 가게 했고
멀리 둔 길은 가깝게 했다
적조했던 전화기 너머로
반가운 안부의 정정한 목소리
"깜박 몰랐어 네가 대구에 산다는 걸"
87세이신 작은어머님은 늦은 안부가 미안하신 듯
괜찮으냐고 물어오셨다
"아, 한 분이 더 계셨구나"
흉흉한 소문에 의하면 120살까지 살 수 있다는데
재수 없으면 나도 100세까지* 견딜지도 모르겠다는

• 《심상》 등단

129

발칙한 발상은
작은어머님과의 통화를 정겹게 마치고 나서였다

투명의 독침, 코로나19로 지구는 경직되어 가고
덤이라고 생각한 내 삶이, 그날만큼은
막 피어오르는 벚꽃잎 같은 욕망에 부풀기도 했다

*『재수 없으면 100세까지 산다』 수필 제목 인용

시작 노트

말세라고, 경종 울리 듯
복병, 코로나19는 많은 것을 깨닫게 했다
쓰러지고 넘어지는 일이 내가 아니고, 내 가족이 아니라서 다행이라는
말조차 조심스러운 현실

호흡할 수 있는 오늘이 소중하고

팔공산자락, 하늘과 맞닿은 능선을 구비로 바라보며 마감하는 하루가 내게는 소소한 행복이라

그래서 더욱 자만의 시간이 있었다면, 그조차 반성의 시간을 가져야 한다고

돌아보고 또 돌아보며 마음 비워내는 일에 게으르지 않기로 다짐하지만 여전히 나는 속물근성을 과감히 버릴 수 없는 미물이며 생활인이기에

범사에 감사함만을 접수하기로 한다

휴화산

신표균

헐티 잿마루
헐떡헐떡
'코 19' 피난하여

한티재 넘어오는 바람 맞아
한숨 돌리렸더니
휴~

팔공 … 비슬산 분지
총성 없는 전장
널브러진

휴… 휴… 휴…

休… 休… 休…

- 《심상》 등단
- 시집 『어레미로 본 세상』, 『가장 긴 말』 외

아!
대구

휴화산이다

거리두기

심강우

이 거리에서
그 거리 사이
기별 없는 겨울에서
기약 없는 봄까지의 거리
눈물이 마르는 시간까지의 거리
다시 웃음이 피기까지의 거리
만남이 뿌리내려 물관을 내고
푸르게 돋아 바람을 부르는 거리
수액이 고갈될 때까지의 거리
새들이 부리를 문질러
이야기가 반짝거리는 거리
후드득 추억이 떨어지는 거리
가까워지고 멀어지는 거리
거리를 두고 바라본 거리
그리움의 도량형이 되는 거리

• 수주문학상 수상
• 시집 『색』

거리를 생각하다
거리를 그리 걱정하지 않아도
거리는 언젠가 우리로 채우는
그냥 두어도 좋을 거리

자연적으로 멀어진다는 말은 있어도
사회적으로 멀어진다는 말은 없다.
같은 맥락에서 의도적으로〔사회적으로〕
거리를 둔다는 말은 있어도
자연적으로 거리를 둔다는 말도 없다.
코로나19로 촉발된 작금의 사태는 어떤가
자연적으로 생긴 것인가
사회적으로 생긴 것인가
인간의 무지몽매도 자연의 일부라면
자연적으로 생긴 것이라 할밖에.

그러면 이제 아픔이나 슬픔,
쉬 거리를 잴 수 없는 그리움만 남았다.
믿을 수 있는 건 우리 자신뿐,
우리 각자는 거리의 눈금 하나하나이므로.

개나리꽃이 치료제입니다

심수자

울타리로 둘러 세운 나무에서
수백만 개의 성냥개비가 태어납니다

한 개의 성냥개비는 지구를 태우는
마법의 힘을 지녔습니다

한 사람이 다른 사람에게 담뱃불을 붙이듯
수백만 명에게 빠르게 번지는 바이러스는
시도 때도 없이 구급차를 부릅니다

유언비어는 바람에 올라탑니다
권력자는 사망자 수를 숨깁니다
마스크 대란이 들불처럼 일어납니다
음모론자가 검은 돈을 긁어모읍니다

• 〈불교신문〉 신춘문예 등단
• 시집 『술뿔』, 『구름의 서체』 외

서식지를 빼앗긴 박쥐가 돼지우리로 옮겨갔고
박쥐는 과일조각을 떨어뜨렸고
그걸 먹은 어린 돼지새끼는
요리사의 손을 거쳐 식탁에 오릅니다

바이러스와 악수를 한 손이 기껏 그어댄 성냥개비가
성냥통을 향해 던져집니다

어리석음은 자신에게 있었음을 숨긴 채
폭발하듯 피는 꽃을 두고, 남의 속도 모르고
철없다 손가락질을 합니다

향기 없는 봄

경칩이 언제였던가
아니, 그건 아무 상관없다
그 이전부터 이미 봄은 멀리 도망치고 있었다
코로나19라는 낯선 이름의 공격이 시작되던 그때부터

형체도 냄새도 없이 스멀스멀 우리 곁으로 다가오더니
어느 순간 와락 대구를 안아 버렸다
숨을 조심히 쉬어야 할 만큼의 공포
일상을 멈추게 하는 깊은 두려움
우리 아이들의 미래에 또 이런 일이 일어날까
밤잠을 잃어버린 의료진들은 어떡하나
끝이 보이지 않는 코로나19와의 전쟁으로
머릿속엔 어지러운 걱정이 가득하다
갑자기 무슨 일인가 이것이
정점은 찍은 듯하나 쉬 끝날 것 같진 않아

• 《시를 사랑하는 사람들》 등단
• 시집 『헐렁한 시간』

마음속 불안은 커져만 가고
앉았다 섰다만을 반복한다
봄은 가까이에 있으나 향기가 없구나

집

안윤하

벗어나고 싶어
떠나면
이내
다시 돌아오고 싶은

또
다른
내 눈물의
내 사랑의
감옥

수인번호: 530***-2******

- 《시와 시학》 등단
- 시집 『모마에서 게걸음 걷다』

37년 전에 쓴 시다

집콕이 70일을 넘어가며

그때의 나에게 공감하여 올린다

신생국, 별의 먼지

엄원태

요코하마항 근처 신생국이
독립을 선언했다.

총면적 5.4km,
인구 3,711명의 초미니 국가 탄생.

나라 이름은
다이아몬드 프린세스인데
줄여서 크루즈, 라고도 부른다.

별이 하나 생긴다는 건,
별 하나가 죽어간다는 것.
초신성 폭발처럼,
제 몸 내준다는 것.

• 《문학과 사회》 등단
• 시집 『먼 우레처럼 다시 올 것이다』, 『물방울 무덤』 외

진종일 차오르던 아내의 편두통이
저녁에서야,
서쪽 하늘 가득 번지며 붉게 폭발했다.
개밥바라기별이 기꺼이 함께했다.

우리는 원래 아무것도 아닌 것,
아무것도 아닌,
어느 죽은 별의 먼지인지도 모른다.

조금만 더 아팠으면 좋겠다.

시작 노트

주간보호센터 나가시는 어머니께 자가격리자 통보가 왔다. 해당 센터
요양보호사 한 사람이 신천지 확진자로 밝혀져 내려진 조처였다. 어머니
와 우리 부부가 자진 자가격리에 들어간 지 이틀 지났을 때였다.

앞부분 3연은 몇 동료 시인들 단톡 중, 송재학 시인의 톡을 본인 허락도

없이 훔쳐 쓴 것임을 자수하는 바이다. 초고를 쓴 날짜를 찾아보니 2월 15일이다.

그 무렵, 아내는 지병인 편두통이 오랜만에 재발해 어떤 극점에 도달한 듯 보였다. 아내는 요즘도 목이 늘 아프고, 그 탓인지 몸살과 냉기에 고생이 심하다.

괴로움이란 게, 그 통로나 근원이, 굳이 몸의 고통만 아니라는 사실을, 또 나아가 우리 인류가 이렇게 하나로 묶여있는 공동 운명체라는 사실을, 이번 코로나19 사태는 우리에게 말없이, 그러나 가장 여실하게 보여주고 있다.

바이러스 묘지석

우영규

너는 흙먼지 같은 존재여서
한바탕 바람이 불고 나면
연기처럼 사라질 것을

인간은 본디
질기고 질긴 잡초 뿌리 같아서
네 아무리 독한들 기어코 이겨
봄 햇살처럼 환한 일상을 맞으리라

하늘가로 자태 감추고 떠나가는
바이러스 꼬리에 묘지석이 보인다

• 〈대한매일일보〉 신춘문예 등단
• 시집 『여왕개미와 도동댁』, 『꼰대』 외

시작 노트

느닷없이 들이닥친 코로나 바이러스의 공격에 우리는 불안하고 폐쇄되고 단절되었다. 그러나 역사가 그렇듯이 인간은 언제나 승리자이었다. 질긴 생명력으로, 정신력으로 머지않아 우리는 이로부터 해방되어 일상으로 회귀할 것이다.

설유화

한두 달 집에만 있어
만나는 사람도 없는데
염색 머리 숲의 가르마 길 따라
하얀 설유화가 허리까지 만발했네

기약 없이 돌아간 봄은 언제 발을 돌릴지?
흰 꽃 그늘이 숨 막히고 답답한데
하얀 설유화
긴 끄트머리까지 곧 필려고 하네

・《문학과 창작》 등단
・시집 『기억의 속살』, 『나비떨잠』 외

거리 좁히기

윤일현

췌장암으로 투병 중인 친구가
택배로 보낸 누룽지 상자 속에
연애편지처럼 곱게 접어 동봉한 쪽지

거리가 조용하다니
종일 집에 있겠네
비상식량으로 안부 전한다.
어디 나가지 마라
밥도 먹기 싫고 답답할 때
고요와 적막 반찬 삼아 꼭꼭 씹어 보게
2020년 3월 21일, 성재가

서울이 옆 마실처럼 가깝게 느껴졌다.

• 《사람의 문학》, 시집 『낙동강』 등단
• 시집 『꽃처럼 나비처럼』, 『낙동강이고 세월이고 나입니다』 외

개구리

이유환

개구리 한 마리
말똥말똥 눈알 굴리며
세상을 향해

"제기랄
경칩이 왔는데 이게 뭐야"

꽃이 피면 뭣하나
밖에 나가지도 못하는데

앞발을
낮달에 걸쳐 놓고
그립다

마스크 속에서 벚꽃은 지고

• 《현대시학》 등단
• 시집 『이방인의 강』, 『용지봉 뻐꾸기』 외

참개구리의 울음소리

들릴 듯 말 듯
봄은 가고 있다

시작 노트

코로나19로 인하여 우리의 일상생활 패턴이 많이 바뀌게 되었다. 공포
와 두려움 속에 서로 의심하기도 한다.

산소의 중요성을 다시 한번 깨닫게 해 준다.

어느 날 시내 유명 대형 마트에서 마스크를 판매한다는 소식을 듣고 아
침 일찍 마트에 가서 줄을 서서 기다렸다.

그날따라 비는 추적추적 내리고 순식간에 마스크는 매진되었다.

몇 시간을 기다렸으나 결국 마스크를 구입하지 못하고 집으로 돌아가
는데 빗물이 왜 그렇게 속살을 따갑게 적시는지요.

아직 코로나19는 끝나지 않았다. 개구리는 세상 밖으로 나오지 못하고 고개만 쏙 내밀고 있다.

시냇물 흐르는 소리가 그립고 개구리 울음소리가 마을을 깨울 때다.

우리네 일상도 마찬가지다. 이것 또한 지나가리라.

코로나, 엮이다

이은재

'세월이 하 수상하여' 창밖을 바라보니
코로나하고 경자가 엮이고 있었다

저들의 일거수일투족을 지켜보다
나까지 엮이고 말았다
유배지가 따로 없었다

코로나가 조준하는 것은 우리 몸 구멍
소리 없는 전시라 해도 좀 야비하지 않은가

입을 막고, 코를 막고
배꼽까지 자물쇠로 꼭꼭 채웠으나
땀구멍은 너무 많았다

포기할까 말까

• 《월간문학》 등단
• 시집 『나무의 유적』

경자년을 맞이하던 날, 불청객이 따라왔다. 첫인상이 섬뜩했다. 검은 복면 위에 새긴 '마왕'이란 글자가 큼직했다. 복면마왕의 일거수일투족을 지켜본다. 우리가 만만하게 보였던가. 침도 뱉고 재도 뿌린다. 코로나, '경자'라는 이름보다 예쁜데, 행동은 왜 저리 포악할까. 심술보가 터진 것일까. 마귀가 시키는 것일까. 강한 사람 발은 묶어 놓고 약한 사람들만 잡아간다. 한 번 잡혀간 사람은 영영 소식 없다. 마왕의 만행을 무슨 수로 저지할까. 숙제를 안고 산다. 경자야, 미안하다. 또다시 60년을 기다리게 해서.

롱기누스의 창*

이인주

식인상어 같은 창이 있죠

섬뜩한 살기어린

창의 이빨이 어둠 속에서도 잘 보이죠

만인의 호흡이 박힌 창

때로는 당신을 독오른 사냥개처럼 내모는

그것이 번쩍, 예각을 그릴 때

나는 머릿속을 스쳐가는 천둥과 번개를 보죠

환자인 당신과 내 십자가를 꿰뚫는

별빛의 창상, 허공에 갈라지는 검은 예언을 보아요

무방비로 꽂히는 적의를

그들은 코로나라고 부르지만 나는 사랑이라고 부르지요

가장 가련한 상징의 꽃대가 꺾이는

아아, 나는 주검으로 부름 받는 달란트

虎口에 응답하지 못한 죄가 있지요

저 장막 뒤

• 〈불교신문〉 신춘문예, 《서정시학》 등단
• 시집 『초충도』

캄캄한 힘들의 대리자인 질병이 나를 심판할 때
하늘나라가 땅으로 쏟아지죠
피 묻은 기침을 남몰래 닦는 당신의 손끝이
소스라치는 힘줄로 파르르 떨릴 때
한 줄기 복선이 읽히죠
세상이 만들어낸 바쿠**의 창이
어디로 당신을 몰아가는지

* 예수가 십자가에 못 박혀 있을 때 옆구리를 찔렀다는 로마 병사의 창
** 중국에서 전래된 상상 속의 동물로, 인간의 악몽을 먹는다고 전해진
다.

달아, 아픈 달아

이자규

숨 쉬고 싶다 달아, 밝아서 아픈 달아
병든 아기를 업고 어느 쪽으로 가야하나
카타콤의 연속이다 오늘, 백 일째 내 폐를 노리는
그래 그렇다고 하자
박쥐를 썰어 먹고 내가, 고양이 간을 꺼내 먹고 내가, 소의 목구
멍 깊숙이
호스를 디밀어 배가 팽팽하도록 물 먹인 식욕이 나의 야생일지
도 몰라

달아, 코로나를 먼저 알아차린 달아
저격할 수도 도축할 수도 없는 마스크 구멍,
숨과 숨 사이를 날아 고도문명 메갈로폴리스를 갈아엎는다고?

달아 아픈 달아, 빠르게 먹고 빠르게 차는 배부름의 이 시대에
나는

• 《시안》 등단
• 시집 『우물치는 여자』, 『돌과 나비』 외

입을 가리고 인기척 없는 곳으로 갔다가
뜨겁고 말랑말랑한 지옥으로 돌아왔다
곡기 끊은 돌멩이, 홀쭉해진 휴지통을 그리며
낱말은 내 지친 언어를 가만히 풀잎에 앉혔다
여명의 저쪽 살균 처리된 하늘 아래 신인류의 뼈가 자라고 있었다
그림자 없는 거리엔 도열한 불빛들만
이 나무에서 저 나무로 왔다 갔다를 반복했다 달아 고운 달아

2020 봄 대구 전언傳言

이정화

봄이 봄이 아니며
목숨이 목숨이 아님

산수유 벚꽃 개나리들 순서대로 달구벌에 등장했지만
코로나19 바이러스에 낮밤 시달리는 눈엔 모두 쾡한 가화

꽃화분 꽃다발도 공포의 손들이 찾지 않아
꽃집들이 망해 간다는 소문

목련이 조등을 내걸어
그나마 한 소임을 다했다는

천방지축 세상 쏘다니며 뭇 인간 생명을 감염으로 쓰러뜨리는
망나니를
믿을 만한 체포조 그대들 오기를 조마조마 기다리며

• 《시와 시학》 등단
• 시집 『포도주를 뜨며』, 『목조미륵보살 반가사유상과 나비』 외

새벽마다 강가를 어쩌지 못하는
흰 유령 되어 떠돌고 있음

홀로 징검돌을 건너며
여름까지 넘보는, 어쩌면 더 길어질 그 낌새에 오싹해하며

슬픈 목련의 계절

이진엽

오늘도 마을 앞 호숫가엔
갈 곳 없는 사람들이 모두 마스크를 쓰고
무거운 침묵 속에 서성이고 있었다
죽음의 폐렴이 창궐하는 이 분지에도
어느새 봄꽃들이 활짝 피어
저마다 햇살을 한입 가득 물고 있었다
봄빛 나붓대는 호반
잠시 의자에 앉아 물오리 떼를 바라보았다
풍덩, 잽싸게 자맥질을 하면서
물고기를 낚아 올리는 그들의 힘찬 몸짓이
생의 의지를 푸릇푸릇 북돋워 주었다
난리가 나면 민초가 버려지는 나라
여기저기 풀대 꺾이는 소리가 들리지만
그냥 돌 하나를 집어 호수에 힘껏 던졌다
그래, 봄은 또 깊어갈 것이고

  • 《시와 시학》 등단
  • 시집 『아직은 불꽃으로』, 『겨울 카프카』 외

내 숨결을 지켜주는 이 하얀 마스크가
백목련 꽃잎 하나 입에 핀 것이라 생각하며
울적한 마음을 가다듬었다

시작 노트

코로나19 때문에 세계가 초토화되고 있다. 특히 이 대구와 경산, 청도는
이른바 신천지 사건 때문에 더욱 심한 고통의 중심에 있었다. 모두가 겪고
있는 심적 고립감과 갑갑함은 몇 해 전 경산으로 잠시 이사 온 나에게도
예외가 아니었다. 이곳에서 나는 오후가 되면 집 인근의 중산지 호숫가를
산책하곤 한다. 봄날의 눈부신 햇빛을 머리에 가득 받으며, 물오리 떼들의
자맥질과 호반에 피어 있는 봄꽃들을 보면서 갑갑한 마음을 달래본다. 때
로는 분노도 치솟았지만 저 봄꽃들이 주는 생의 숨결을 들이켜 울적한 마
음을 달래곤 한다.

거리두기

나는 너와 거리를 두고
너는 나와 거리를 두는 동안
마음만은 안 멀어질 수 있을까
마음만은 더 가까워질 수 있을까
나는 그와 일정한 거리를 두고
그도 나와 그런 거리를 둬도
마음만은 안 멀어질 수 있을까
마음만은 더 가까워질 수 있을까
거리를 두는 것은 앞으로 더욱
가까워지기 위한 길이라고,
안 멀어지기 위한 거라고
우리 서로 거리를 두는데
언제까지 이대로 가야 할지
기약도 없고 알 길조차 없어서
가까운 적 없이 멀어진 사람들을

• 《현대문학》 등단
• 시집 『거울이 나를 본다』, 『따뜻한 적막』 외

마스크 낀 채 바라봐야 할 뿐
오늘도 우리는 거리를 두고
발길 돌리는 코로나 바이러스와
영영 헤어지고 싶어 가슴 조일 뿐
너도 그도 제발 멀어지지 않고
거리도 이 벽도 다 허문 채
얼싸안을 날을 갈망하며,

아! 대구

이해리

지역별 확진자 현황판에
가장 높은 막대그래프로
불쌍하게 서 있는 대구

누구는 중화관광객이
서문시장을 떼거리로
다녀간 원인이라 하고
누구는 신천지교인 때문이라하고
어떤 이는 야당 도시라 꼬시다 하고
어떤 이는 대구 정도야 손절시켜도
나라에 이상이 없다 하고…

아! 대구여 어쩌다가 무엇 하다가
이리 폄훼를 당하는가

• 평사리문학대상 등단
• 시집 『철새는 그리움의 힘으로 날아간다』, 『미니멀 라이프』 외

통일신라 땐 도읍으로 하려했던 대구여
왕건의 행로가 아프고도 건강한 지명을 남기며 팔공산을 세운
대구여

독립운동가는 물론이고 이 나라 산업 융성에
목숨 바쳐 기여한 대구여

전국 3대 도시의 이름도 바래고
이런 노골적이고 이상한 욕을 듣고도
침묵하는 대구여

나는 대구사람으로 병들지 않은 상처가 너무 깊어
아름다운 문구로는 시를 짓지 못한다

붉은 구름

이해숙

우리가 쏜
화살은 어디로 갔을까

바람에 역행하지 않으려
한 줌 재도 없이
구름은 불탄다

더듬거리는 물새
젖가슴 밑 쏘아 맞힌 화살촉에
창공은 장밋빛 놀

한 하늘 아래 너와 나
그 무슨 꿈을 꾸기에
날개 멈추지 못하고 파닥이는가

•《심상》등단

167

잎 없는 꽃대에서
빛과 열로 자신을 사르는
촛불처럼

메시지

이희숙

사람들은 먹성이 좋아 박쥐까지 먹었다
먹고 먹히는 동안 오고 가는 동안
아무도 모르게 너는 커졌다

왕관 쓴 왕이 되어
우리를 삼켰다 세계를 삼켰다
병원이 부족하고 묘지가 부족했다

어울려 다니는 사람에게 너는 바짝 달라붙는다
함께하는 곳이 네 운동장이었구나

세계를 이웃처럼 우린
너무 밀착했었나 보다

이제 잠시 격리되어

• 《동리목월》 등단
• 시집 『석류나무 서쪽』

어디서부터 무엇이 잘못인지
생각해 보라고

너는 말한다

시작 노트

'무분별'과 '발달'이라는 단어를 생각한다.

무분별이란 단어 속에 이탈이 있다. 어느 정도의 이탈은 용서가 되겠지
만, 지나친 이탈은 우리에게 경고를 준다. 코로나19도 우리에게 내린 경고
라 생각한다. 무엇을 가까이하고 무엇을 멀리해야 하는지 생각해 봐야 한
다.

문명의 발달은 우리에게 이익과 편리함을 주기도 하지만, 이면에 우리
에게 치명적인 해를 가져다 주기도 한다. 인간은 멈출 줄 모르는 욕망을
가지고 있다. 불행하게도 멈춤을 모르는 인간으로 인해 인간에게 어떠한
재앙이 닥칠지 우리는 모른다.

흔들리지 않는 봄

임서윤

갈팡질팡 봄바람
남동을 흔들고 남서로 달리다 움켜쥔 주먹 풀자
가지 위 목련이 진다

꽃잎의 침묵에 갇힌 산책길 가로수
앞장선 강아지 꼬리 위로
헛기침에 놀란 아지랑이 피어오른다

가로수마다 주고받는 인사

왼편 가로수에게 건네는 인사는
뒷다리 한껏 치켜든 10시 반

오른손 잡아주던 너를 향한 내 눈길은
보드라운 2시 반

• 《문장》 등단
• 시집 『사과의 온도』

보도블럭 비집고 고개 내민 민들레 미소는
당찬 11시 반이다

긴 잠 털고 일제히 기지개를 켜는
높고 낮은 건물들
흔들어도 흔들리지 않는 시간은 8시 반

마른기침 쿨럭이는 볕이
봄의 지축을 잡는 미열의 거리
강아지 살랑이는 꼬리가
나른한 나를 이끈다

마왕거미가 펼쳐놓은

장옥관

이웃과 이웃을 하나로 이어줘요
기도하고 노래하고 춤추다가 하나가 돼요 슈퍼에서 엘리베이
터에서 눈짓만 나눠도
금세 사랑에 물들어요

이보다 더 촘촘한 거미줄은 없었어요 한 사람도 건너뛰거나 빠
트리지 않고 가둬버려요 비로소 알게 되었어요
우리가 얼마나 가까운 사인지
그물에 갇혀보니 알겠어요

이 그물망 펼쳐놓은 마왕거미는
무척 외로웠던가 봐요 이리저리 흩어진 이웃을
하나로 묶어주니까요

지금,

· 《세계의 문학》 등단
· 시집 『황금 연못』, 『달과 뱀과 짧은 이야기』 외

온 도시가 기침 그물에 걸려들었어요

마스크

장하빈

죄 많은 인간의 입에 재갈을 물리는 건 신의 뜻인가

이 도시엔 향기 없이 꽃이 피고 눈물 없이 새가 운다

이 도시엔 가족끼리 따로 밥을 먹고 따로 잠을 잔다

이 도시엔 연인끼리 따로 길을 가고 따로 꿈을 꾼다

생일은 태어난 날에서 오롯이 살아있는 날로 바뀌었다

오오, 거리거리엔 입이란 입은 죄다 사라지고

마스크가 유령처럼 둥둥 떠다니는 하얀 침묵의 도시여

• 《시와 시학》 등단
• 시집 『까치 낙관』, 『총총난필 복사꽃』 외

코로나로 대구가 유독 혹독한 시련과 아픔을 겪었다. 이 환란의 도시에서 아직도 멀쩡히 살아 숨 쉬고 있다는 건 오로지 기적이고, 신에게 감사할 일이다.

지난 3월 초, 호흡 곤란을 갑자기 일으켜 대학병원 응급실로 실려 간 아내가 불행히도 코로나19 확진 판정을 받아 곧장 입원하고, 그저 감기로만 알고 1주일을 곁에서 간호하던 나는 밀접 접촉자로 분류되어 코로나 검사에서 요행히도 음성 판정을 받았다. 도대체 이런 날벼락과 기이한 일이 또 어디 있다는 말인가?

대문 걸어 잠그고 마당의 화단을 파 일구며 자가 격리의 시간을 보냈다. 아내의 병세는 물론, 어쩌면 내게도 곧 닥쳐올지도 모를 감염 증상에 대비하는 조마조마한 마음으로 하루하루를 버티고 견디었다. 광주에서 튤립을, 해남에서 꽃무릇을 구해 심으며 다가올 봄과 가을의 꽃축제에 달뜬 마음도 애써 가져 보았다. 앞뜰에 피어난 애기수선화며 뒤꼍의 홍매화가 내게 유일한 벗이고 위안이었다.

이렇게 속죄양의 심정으로 위리안치(圍籬安置)의 나날을 보낸 지 보름 만에, 아내가 2차례 음성 판정을 받아 퇴원하고, 나도 자가 격리에서 비로소 해제되었다.

오늘도 창가 살구나무에 올라앉은 까치 두 마리가 반가이 아침 인사를 건네 온다.

"깍깍, 이 세상에 다시 태어난 걸 축하해!"

낭비되고 있는 봄

전태련

방문을 걸어 잠그고 봄을 차단한 채
사람들이 모두 몸을 숨긴 거리
낯선 방문객이 문을 두드릴까 두려워
몸을 웅크린 틈으로
봄은 어느새 와서 저 혼자 범람한다

원시의 비린내로 꽃들은 저희끼리 흐드러지고
추위도 한참 지난 봄의 절정쯤에도
사람들은 한기를 느끼는지 입을 가리고
고슴도치처럼 몸을 말아
저만치 혼자 걸어간다

너와 나 떨어진 거리만큼 은근한 걱정이
서로의 안부를 묻는
말없는 눈빛 속에 안위를 걱정하는

• 《사람의 문학》 등단
• 시집 『바람의 발자국』, 『빵 굽는 시간』 외

서로의 어깨를 두드리며 격려하는
무언의 시선을 던지고

총총히 볼일을 끝낸 사람처럼
모든 일상의 셔터문이 내려진 채
봄볕은 저 혼자 흥청망청 낭비되고 있다
한 번도 경험하지 못한
2020년 '코로나'의 봄

시작 노트

일면식도 없던 '코로나'의 내방은 엄청난 파장을 몰고 왔다.

그녀의 친화력은 무단히 배타적이어서 사람들 사이를 갈라놓았다.

'여럿이 홀로'이던 현대사회를 상징하듯, 사람들은 문을 닫아걸고 스스로를 고립시켰다.

그 빗장 사이로 우리의 안부를 물으며 봄이 와 주었다.

스스로 족쇄를 채운 대구경북에 당도한 온정과 헌신의 마음처럼 선양을 뿌리며 사람들 마음을 위무했다.

그리하여 2020년 봄은 결코 낭비되지 않았다.

너 때문이야

정경자

봄은
칼바람 이겨
꽃 피웠는데
꽃은 방긋방긋 웃는데
반가워 악수라도 하고 싶은데
고마워 밥 한 끼 같이 하고 싶다
말하고 싶어도
가까이 다가가지 못하고
입은 마스크로 틀어막았지만
마음에 없는 마음 아닌데
변명 아닌 변명 같아
눈만 깜빡인다

이 난국에 역병 이겨낼
봄! 너와 손잡고 두 팔 일자로 쭉 펴

• 《문예비전》 등단
• 시집 『수수껍질』, 『상처를 꿰매다』 외

빙글빙글 돌 거야 돌아 볼 거야
넓고 푸른 들판에서

격세지감

정대호

2020년 2월 16일까지 대구는
감염자가 한 사람도 없는 청정지역이라 했습니다.
다른 지역에서 전염병 확진자가 나왔다고 해도
먼 나라 이야기였습니다.

2월 18일 31번 확진자, 첫 대구 감염자
신천지교회 여자 신도가 나왔습니다.
그다음부터는 신천지교회를 중심으로
하루에도 몇십 명, 몇백 명으로 불었습니다.
전국의 확진자의 팔 할을 넘었습니다.
전국의 확진자도 거의 다 대구의 신천지교회를 다녀간 사람들
이었습니다.
서울로 부산으로 인천으로 대전으로 광주로 울산으로
경기도로 강원도로 충청도로 전라도로
코로나19 바이러스를 전국으로 골고루 나누어 주었습니다.

• 《분단시대》 등단
• 시집 『다시 봄을 위하여』, 『겨울산을 오르며』 외

대구 봉쇄 이야기도 나왔습니다.

대구는 이미 심리적으로 봉쇄를 당했습니다.
김해에 사람을 만나러 간 김 씨는
찻집에 들렀다가 대구에서 왔다는 이유로
나가달라는 말을 들었습니다.
만난 사람 반갑다고 손을 잡으려 하였습니다.
상대방이 손을 빼고 멀리 떨어져
고개를 돌렸습니다.
같은 나라에 살면서 이럴 수가 있나 싶었습니다.

아들 회사에서 대구에 가면 2주 동안 나오지 말라고 해서
서울에 사는 아들을 문경에서 만난 박 씨는
점심을 먹으러 식당에 갔습니다.
말을 하다가 대구에서 왔다는 말을 들은
옆에 앉은 사람이 밥그릇을 들고 먼 자리로 가 버렸습니다.
그 박 씨는 봉화에 물건을 팔러 갔다가

대구 사람이 왜 왔냐고 왜 돌아다니느냐고
핀잔 섞인 농담을 들었습니다.
대구 사람, 참 기분이 묘합니다.

저녁 6시 동성로에 사람이 없습니다.
가게들이 '임시 휴업' 문을 닫았습니다.
걸어가면 사람들 홍수에 어깨가 부딪히던 거리에
비닐봉지들이 바람에 날리고
신문지들이 길가에 나풀거립니다.
봄이 왔는데도 한겨울 새벽처럼 을씨년스럽습니다.
사람들이 집에서 나오지 않습니다.
대구 사람, 참 기분이 묘합니다.

마스크 - 대구 빙하기 1

정숙

햇살을 안은 벚꽃 송이들이 파도에 밀리는
하얀 포말처럼 반짝이는 계절
왜 갑자기 모두 겸손해졌는가
친구를 만나면 얼른 입을 가리고
눈을 다소곳 내리깔고 옆으로 비켜간다
봄꽃들이 저마다 옷고름 풀면서
분홍, 빨강, 색깔 고운 미소 흘리는데
못 본 척 옆눈질해야 한다
금보다 더 소중한 널 구하려고
몇 시간 줄서서 기다리다 퍽 주저앉아 버린다
서로 마음의 문을 열어야 느끼는 계절,
나무, 풀, 땅, 사람까지 같이 가슴을 열어
서로의 향기 받아들여 삭혀야
튼실한 열매, 맺히는데
상가엔 불이 꺼지고 한숨만 얼어붙고 있다

• 《시와 시학》 등단
• 시집 『신처용가』, 『연인, 있어요』 외

애써 하얗게 빛나는 벚꽃들이
왜 싸늘한 빙하의 빙벽처럼 보이는가

봄과 봄 사이

정하해

낭떠러지가 생겼다

봄이, 사람들과 떨어져 동강나고 있다
아무렇게 나뒹구는 꽃의 날개들, 잡아줄 손도 없다

하얗게 쓰러져간 이들의 이마가 패여, 눈물이 범벅인 거기
너는 할 말을 잊었는지

이천이십년의 봄이 얼굴을 가린 채
소복소복 울면서 서있다

보이지 않는 가시철망을 넘나든, 꽃들은
긁히어 피가 나고

바이러스가 휩쓸고 간

• 《시안》 등단
• 시집 『젖은 잎들을 내다버리는 시간』, 『바닷가 오월』 외

봄의 잔등에서
낭떠러지로 떨어지지 않기 위해서는

너를 외면하고
나를 감금하고
이 절망, 넘어가기 위해 꽃들도 얼굴을 가려야 한다

시작 노트

　봄이 잔인하다는 걸 생애 한 번은 겪으리라 했었는데, 이천이십년 봄이 그렇게 모든 눈을 가릴 줄 몰랐다. 보이지 않는 바이러스와의 전쟁, 그것은 사람을 끊어내고, 나를 위리안치시키는 일, 사람에게 가기 위해 나를 붙들어 앉히는 저 봄날 밖은 사생결단을 해야 하는 흰색의 방호복들만 보일 뿐 우리들의 봄날은 없었다. 사람에게 가기 위해 나는 얼마나 감금을 더 해야 하나, 그러나 나뭇잎들은 푸르고 복숭아꽃은 오지게 피었다. 우리들의 희망처럼.

거리에서, 거리

정훈

너와 내가 거리를 둘 때
채무자처럼 떨어져 지낼 때
비워져 가는 동성로
톱니바퀴 멈춰버린 工團
횅한 바람의 거리에서, 거리
역병의 마스크 사이
멀뚱 말뚱 두 눈만
부딪치는 안부,

그러나
더디고 싶었던 봄 피어나고
꽃이파리 흩날리다
흩날리며 봄 지고,
초록이 푸르름으로 다가올 때면
언제…

• 《심상》 등단
• 시집 『식스시그마』

다시 옷깃 스치며 부딪칠 어깨
쉿소리, 굉음의 거리
거리 사이

모든 것들, 지고 피거늘

작은 봄

지정애

태양은 멀리 있고 구멍이 가까운 날들이다

태양 아래 활보는 아득하고

보이지 않는 바이러스로 칩거하니

보이지 않던 내가 여기저기서 튀어 나온다

거의가 구멍의 모습이다

꽃이 멀리 있는 봄이다

꽃나무를 지나쳐도 바리케이드에 익숙해진 마음은

걸음을 재촉한다

밖은 그동안 화려한 피신처였다

플라타너스 아래 마음껏 걷고

백화점에서 나른한 오후를 쇼핑하고

카페에서 환한 얼굴을 마주하거나

창가에서 혼자를 필사하다 보면

사탕 문 아이처럼

구멍은 때로 낙관적이고 명랑해지기도 했는데

• 《서정시학》 등단

출구가 막혀

종일 구멍과의 싸움이다

버리고 싶고 잊어버리고 싶은데

번득이는 출몰에 몰린다

나를 뒤적여 가장 가까운 것들을 하나씩 버린다

유행 지난 옷, 유치한 색의 머플러, 귀퉁이 닳은 가방

어떻게 할 수 없는 기억을 수선하는 봄

꽃나무는 멀고

20년 된 고무나무 새 움이 눈부시다

사냥

차회분

마스크 뒤로 숨어야 살 수 있다

당신과 나 사이의 거리는 멀어질수록
가까워질 수 있다는 거 알지?

아무도 믿어서도 안 돼
눈치껏 먹어야 하고 눈치껏 갇혀야 해
방문을 허락해서도 방문을 나가서도 안 돼요 엄마
콜록콜록 카톡카톡 별일이야 있겠어?
아니야 방심은 금물이에요

뭉치면 죽고 흩어지면 산다

사방팔방 그놈들이 진을 쳤으니
거리는 거리를 두고

• 《시인시대》 등단

앞뒤 간격을 유지하며 천천히 기회를 봐야 해

앞산 아래 벚꽃
눈치 없이 펑, 펑 터지네요
쉿,
될 수 있는 한 소리 없이 와
너, 봄도
잘못하면 꽃 피우고 사흘 만에 사살될 수도 있어

거리는 거리를 두고

최애란

'봄. 봄. 봄. 봄이 왔어요'
이곳, 창밖도 봄날이래요

안녕을 답할 수 없는 시절
배송된 봄은 손끝으로 다듬어요

거리를 두라는 친절한 배려에

거리는 거리를 두기 시작했고

그 거리를,

눌러 담은 우리
이토록 왕관에 집착할 줄은 몰랐어요

• 《심상》 등단
• 시집 『종의 출구는 늘 열려 있다』

'몸은 멀리 마음은 가까이'
그나마 사랑이 아닌 건 다행인가요

봄 바다에서 놀던 도다리와
해풍 맞은 쑥까지 쑥덕쑥덕

뒤통수를 맞은 봄날
저녁도 어름어름 넘어가는데요

어림도 없는 이곳, 잔별 쏟아지는
깜깜나라에선 부부의 거리도 2m래요

정원

홍영숙

책을 덮은 입들이
빨랫줄에 걸려 펄럭인다

외부의 껍질에 둘러싸인
불투명한 저녁

어둠을 타고 번식해가는 숫자들

탈주를 동경하는 꽃과
안주를 추구하는 새들

아무도 추방되지 않는 탁자

부리 없는 구름이 새를 품고 온다
바퀴 없는 바람이 꽃을 몰고 온다

• 《시선》 등단
• 시집 『벽이 내게 등을 내주었다』

뭉클하다

홍준표

먼지 속으로 사라지는 별들
그냥 피는 꽃들

아침에 우는 까치의 말 알아듣지 못한 까닭으로
떠도는 바이러스들

눈 코 없는 단순구조의 미물이
적체된 불만에 입 터진 사람보다
천 가지 말을 더 하고 있다

우린 그중 몇몇을 듣고 있는가

어두운 귓가에서 거듭하는 변이는
무얼 의미하는 것일까

• 《문장》 등단
• 시집 『커튼 콜』, 『구조적 못질』 외

봄 나루터 암반에 딱딱하게 남았던
물 괸 공룡의 발자국들
나 읽는 법을 몰라도
늪인 듯 헤쳐 나갈, 삿대를 움켜쥔다

붉은 돌기 분주한
타산打算의 거리마저도
질펀해졌다

우리가 만든 세상

황명자

봄하늘이 가을하늘 같다고
누가 톡을 보내왔다 구름이 푸른 하늘의
입 안으로 스르르 빨려들어가는 형상으로 나앉은
하늘 한 쪽,
가까이 다가가면
땅에 내려앉지 못하고 공중에서 녹아버리는 눈처럼
흔적 없이 사라질까 봐 서러운
어린 날의 추억 같은 날들이 펼쳐진다
땅에는 바이러스가 떼로 몰려다니는데
하늘이 저리 푸르다니
너무 푸르러서 구름조차 여릿여릿
하늘빛에 물들어가는 봄날에
강가로 난 산책로에는 로봇처럼 움직이는
사람들, 힘내보겠다고 운동에 한창이지만
그나마도 두려운 날들이다

• 《문학정신》 등단
• 시집 『귀단지』, 『절대고수』 외

세균들을 비말로 뿌려대고 있는 어마어마한
산실이 도처에 있을지도 모르는데
복불복 게임하듯 나다니는 저들은
공상과학영화 속 한 장면처럼 스릴 넘친다
문득 저들이 뿜어내는 입김들이
스멀스멀 되살아나서 다시 저들을
공격해 올 수도 있다고,
나가 놀고 싶다며 졸라대는 아이들에게
경고하듯 알려 주는 정직한 엄마도 있다

하늘은 깨끗하게 푸르잖니 애야, 그런데
세상에서 가장 무서운 건
이 땅에 살고 있는 지저분한 인간들이란다
봄날이 때가 되면 가듯이
강호묵객처럼 떠도는 바이러스들,
곧 사라질 거라고 뉴스에서도 계속 떠들어쌓잖니
두고 보자꾸나,
우리가 만든 세상 하나 우리가 어쩌지 못하겠니

그날의 분갈이

하루에도 수없는 목숨들이 사라지는 세상의
한 모퉁이에서 분갈이를 한다

어린 싹들은 나의 손길에
솟아오르는 금빛 햇살처럼 환하게 웃는다

이것밖에 할 수 없는 미약한 나의 손이
오늘은 너무 부끄럽다

누군가의 소중한 한 사람이었을 당신들의
죽음을 아는지 모르는지
하늘은 눈부시게 파랗다

아직도 너무 뜨거운 목숨이여!

· 《우리문학》 등단
· 시집 『은사시 나무 숲으로』, 『따뜻해졌다』 외

죽지 말고 살아라
꺾이지 말고 피어라

이 부끄럽고 더러워진 손을 씻고
지금 내가 할 수 있는 일은
파랗게 다시 돋아나는 화분들을
자꾸자꾸 햇빛 속으로 내어 놓는 일이다

신종 코로나19에게 경고

황인동

따라붙지 마라
내가 아무리 네 스타일이라 해도
신종은 정말 싫다
거기다 민망하게 19는 또 뭐꼬
우리 집의 오래된 그녀
그녀가 나는 좋다
그녀의 바이러스는 악성이 아니라
착한 바이러스다
착한 것이 악한 것보다 훨씬 더 우월하니

신종?
너는 내게 일발에 아웃이다

• 《대구문학》등단
• 시집 『비는 아직 통화중』, 『뻔 · 한 · 일』 외

대구의 봄
산문

마스크를 끼고, 조문국召文國을 가다

강현국

박물관은 닫혀있었다. 조문국의 역사를 알리는 유물유적이 코로나19를 피해 격리수용되어 있었다. 박물관 입구에서 책자 몇 권을 받아들고 발길을 돌려야 했다. '격리수용'이란 말이 도처에서 체감되는 현실이 착잡했다. 이른바 '사회적 거리두기'의 극단인 격리수용이란 단절과 구속의 안팎 사태를 함축한다. 그것은 정상적인 생활의 관계망이 차단된 병적 상황을 일컫는 말이다. 그러므로 격리수용이란 말은 햇볕 들지 않는 미궁처럼 음산한 죽음의 그림자를 거느린다. 언제쯤 격리수용된 고독한 일상을 벗어날 수 있을까. 갑갑한 마스크를 벗어던지고, 이웃이라는 '곁'이 있어 행복했던 잃어버린 일상을 되찾는 길은 도대체 무엇일까. 땅과 하늘은 청정하고 인심은 다정다감했을 조문국의 그날이 궁금한 이유이다.

• 《현대문학》 등단
• 시집 『노을이 쓰는 문장』, 『구병산 저 너머』 외

조문국에 대한 역사적 기록은 "伐休尼師今 二年 春正月 親祀始祖廟 大赦 二月 拜波珍湌 仇道 一吉湌 仇須兮 爲左右軍主 伐召文國 軍主之名始於此"[벌휴이사금 2년, 정월에 왕이 친히 시조사당에 제사 지내고 죄수를 크게 사면했다. 2월에 파진찬 구도와 일길찬 구수혜를 좌우군주로 삼아 조문국을 정벌했다. 군주라는 이름이 이때 처음 시작되었다.]에서와 같이 벌휴이사금 2년에 패망했다는 삼국사기의 기사가 그 전부이다. 그것도 조문국 자체를 설명하기 위한 것이 아니라 '군주' 의 유래를 설명하기 위한 자리에 부수적으로 언급되고 있을 뿐이다. 벌휴이사금 2년은 서력기원 185년, 그러니까 조문국은 지금으로부터 1835년 전에 신라에 복속된 고대 부족국가이다.

역사의 전면에서 지워진 나라, 패망의 기록으로 그 정체를 짐작할 수밖에 없는 조문국은 어떤 나라였을까. 의성읍에서 남쪽으로 28번 국도를 따라 약 8.5km 지점 금성면 대리동 산 384번지, 조문국의 역사가 잠들어 있는 금성산고분군은 박물관 동쪽 지적에 비스듬히 누워있었다. 그 중요성이 인정되어 경상북도 기념물에서 국가지정문화재(사적 제155호)로 승격되었지만 인적이 끊겨 스산했다. 따뜻한 봄날이 무색한 날이었다. 고분군 사이에 조성한 작약꽃밭이 붉은 싹을 틔우고 있었다. 마스크를 끼지 않은 붉은 싹이 부러웠다. 작약꽃밭이 환한 꽃망울을 터뜨릴 무렵이면 조문국의 하늘 밑을 찾는 발길도 잦을지 모르겠다.

때마침 고분군을 찾은 젊은 부부가 힐끗, 나를 쳐다보며 마스크를 낀다. 그것이 경계가 아닌 예의라도 되는 듯이 나도 젊은 부부를 힐끗, 쳐다보며 마스크를 끼었다. 마스크는 사회적 거리두기의 실천, 격리수용의 징표이다. 반가워야 할 한적한 야외에서의 만남이 힐끗 쳐다보는 관계가 되었다는 사실이 씁쓸했다. 조문국 백성들도 마스크로 입과 코를 가려야 하는 날들이 있었을까. 아마도 그렇지 않았을 것이다. 삼국사기 벌휴이사금조에서 보듯, 바람과 구름을 점쳐 홍수나 가뭄, 한 해의 풍흉을 예지하는 성인으로 임금을 믿고 따랐던 순하고 착한 백성들에게 어찌 바이러스인들 침투할 수 있었겠는가.

조문정(관망대)에 올라 『조문국의 부활』, 『의성 금성산 고분군』, 『조문국의 지배세력과 친족집단』 등의 책자를 여기저기 훑어본다. 1960년 탑리리 고분군이 발굴된 이래 17차례의 매장문화재 조사와 9번의 학술조사의 결과를 묶은 출판물들이다. 발굴조사단은 신라의 묘제인 돌무지덧널무덤을 독자적으로 수용한 사실을 확인하고, 관과 귀걸이, 허리띠장식, 고리자루칼 등 다양한 형태의 착장형 위세품을 찾아낸다. 위세품威勢品이란 왕이 지방세력의 수장에게 힘을 과시하고 세력권에 편입시키면서 지방수장의 위신을 세워주기 위해 하사하는 귀한 물품이다. 이들은 출토 유물의 수량과 우수한 품질의 위세품들을 근거로 고분의 형성 시점을 중앙집권국가가 형성되기 전, 초기 국가를 이루고 있던 국읍國邑 시기로 추정한다. 뿐만 아니라 고분군의 위치와 출토유물들을 통해 조문국 옛터인 의성 지역이 신라의 단순한 북방 거점지역이 아닌 정치, 경제, 문화, 군사 등 다방면에 걸쳐 매우 중요한 곳이 었다는 점을 밝혀낸다. 필자들은 한결같이 조문국은 신라 황금문화의 원산지로서 김씨 세력의 경제적 기반을 제공한 지역이었으리라고 적고 있다. 경상도 북부지역에 금광이 있었다는 사실이 그 근거였다.

1호 고분 경덕왕릉은 고분군 한가운데 자리 잡고 있다. 능陵 둘레 74m, 전통적인 고분 형식의 봉분 아래 화강석 비석과 상석과 가로 42cm, 세로 22cm, 높이 1.6m의 비석이 서 있다. 노랑나비 한 쌍이 날고 있었다. 조문국의 마지막 왕, 전설의 주인공이 말없이 나를 맞았다.(무엄하도다. 마스크를 끼고 왕을 알현하다니!)

조선 숙종조 『허미수 문집』에 기록된 전설이다. 한 농부가 외밭〔瓜田〕을 일구기 위해 작은 언덕을 일구던 중이었다. 갑자기 사람이 드나들 만한 큼직한 구멍이 나타났다. 이상하게 생각되어 들어가 보니 돌로 쌓은 둘레에 금칠을 한 석실이 나타났다. 석실 안 금소상金塑像 머리에 쓰고 있는 금관이 찬란하게 빛나고 있었다. 농부는 욕심이 나서 금관을 벗기려 했지만 농부의 손이 금관에 붙어서 떨어지지 않았다. 그날 밤 현령의 꿈에 한 노인이 나타나 "나는 경덕왕景德王이다. 이 무덤을 개수 봉안토록 하라"고 이른 다. 또한 이 지방 사람들에게 전해오는 이야기도 있다. 현재의 능 지는 약 500년 전 오극겸의 외밭이었다. 어느 날 밤 꿈에 금관을 쓰고 조복을 한 백발의 노인이 나타난다. "내가 조문국의 경덕왕 인데 너의 원두막이 나의 능陵 위이니 속히 철거를 하라"고 이르 고는 외직이의 등에다 한 줄의 글을 남기고 사라진다. 이에 놀란 외밭 주인은 현령께 고하고 지방의 유지들과 의논하여 봉분을 만 들고 매년 춘계 향사를 올렸다.

망국의 설움을 달래고 왕의 존엄을 지키려는 조문국 유민들의 집단무의식에 내재한 희망적 사고〔wishful thinking〕가 경덕왕릉 전 설을 만들었을 것이다. 경덕왕은 자신의 나라를 정복한 구도에게 딸의 혼인을 허락한 운모공주의 아버지이다. 어느 왕조이든 마지 막 왕이란 비운의 대명사이다. 경덕왕은 망국의 지도자로서 감내 해야 할 비운의 시름이 깊었을 것이다. 구도와 운모공주의 혼인 은 망국의 비운을 딛고 자신의 백성을 지키려는 경덕왕의 지략에 따른 것인지도 모르겠다. 김대문이 쓴 『화랑세기』는 "조문국의 운모공주가 구도에게 시집가서 옥모를 낳았다"고 기술한다. 구도 는 경주에 부인이 있었지만 운모공주와 다시 결혼했던 것이다. 그럴 만한 사정이 있었을 것이다. 김씨 왕조 시조인 김알지의 6세손인 구도는 최초의 김씨 왕인 13내 미추왕의 아버지다. 구도는 자신의 아들 미추를 왕위에 옹립하는데 조문국의 지원이 필요했고, 경덕왕은 자신의 백성을 지키는 데 김씨 세력의 우두머리였던 구도의 도움이 필요했을 것이다.

신라는 991년 동안 56명의 임금이 있었다. 한국사 왕조 중 즉위한 왕의 오르내림이 가장 심한 나라였다. 왕위 찬탈을 위한 왕족 3성 박, 석, 김씨 세력 간의 권력 다툼이 잦았다. 박씨 왕조는 아달라를 끝으로 석씨에게 왕위를 넘겨준다. 석씨 세력과 김씨 세력이 연대를 형성해 박씨를 밀어냈던 것이다. 아달라의 뒤를 이은 왕이 석탈해의 손자 벌휴이사금이다. 독자적으로는 임금을 낼 힘이 없었던 김씨 세력은 막강한 부를 가진 조문국 맹주들의 지원을 청했을 터이고, 조문국 사람들은 신라로부터 자신들의 세력과 지위를 지키는데 구도의 힘을 빌렸을 것이다. 마침내 김씨 세력은 급성장해 왕위 세습을 독점하게 된다. 조문국 지배자들은 망국의 유민이 아니라 운모공주가 신라의 왕비를 배출하는 인통姻統인 진골정통이 된 데서 보듯 신라 왕조를 배후에서 조종하는 막강한 실력자가 된다. 이렇게 되는 데에는 그것이 전부는 아니라 하더라도 운모공주와 구도의 혼인이 큰 힘이 되었을 것이다. 인류역사는 발전하는 것인가, 되풀이되는 것인가? 예나 지금이나 권력이 있는 곳에 이합집산의 모략이 있고, 모략이 있는 곳에 살

벌한 다툼이 뒤따르니 딱한 노릇이다.

차를 몰아 벚꽃 길을 달렸다. 마스크를 낀 사람들이 삼삼오오 모여 서서 왕왕거렸다. 반성도 성찰도 없이, 다투어 선량이 되겠다는 몰골들이 꼴불견이었다. 마스크를 뒷자리로 벗어던지며 혼잣말로 묻고 혼잣말로 대답했다. 코로나 돌림병은 어디로부터 왔는가? 인간의 오만과 편견이 그 출처이다. 코로나 돌림병은 왜 왔는가? 빈부격차도 없이, 지위고하를 막론하고 죽음의 공포를 살포하는 힘센 바이러스의 생태를 보라, 그것은 분명, 기회는 평등하고 과정은 공정하고 결과는 정의로워야 한다는 것을 가르치기 위해서 왔으리라. 백신은 어디서 어떻게 구해야 하나? 모르모트 실험실에는 답이 없다. 일등을 하지 않으면 살맛을 잃는 경주마 신세인 우리 삶의 처지를 벗어나야 하고, 너와 나의 아픔과 애환을 공유하는 영적 공동체를 복원해야 한다. 그렇지 않는 한 코로나19가 종식된다 하더라도 또 다른 악성 바이러스가 수시로 찾아와 마스크를 채워 우리네 삶을 숨통 조일 것이다. 힐끗힐끗 서로를 적처럼 경계하는 격리수용의 끔찍한 일상을 강요할 것이다.

지금은 오로지 희망을 노래할 때

이기철

　작년에 나는 탁월한 한 이론서를 읽고 감동을 받은 일이 있습니다. 그레그 이스터브룩Gregg Easterbrook이 쓴 『비관이 만드는 공포, 낙관이 만드는 희망』이라는 책입니다. '더 나은 세상은 생각보다 가까이에 있다', '낙관주의의 상상 없이 인류의 진전은 없다'는 캐치프레이즈를 내건 이 책은 꼼꼼한 통계수치를 차용하면서 인류의 미래에 대한 적극적 낙관론을 제시하고 있습니다. 그가 나열한 폭넓은 사례들을 보면 누구도 그의 지론을 쉬이 부인하기 힘든 책임이 분명합니다. 그는 다음과 같은 예를 들면서 자신의 주장을 폅니다. '1961년 7억 6천만 톤이던 세계의 곡물은 2015년 24억 톤으로 늘어나 인구가 2배 늘 때 식량은 3배로 늘었다. 2050년이 되면 지구엔 인도 땅만 한 넓이인 2억 5천만 에이커의 농지가 비게 된다. 150년 전엔 인류의 90%가 영양실조에 빠졌지만 오

• 《현대문학》 등단
• 시집 『청산행』, 『내가 만난 사람은 모두 아름다웠다』 외

늘날 그 비율은 13%로 줄었다. 2005년의 조류독감이나 2012년의 메르스(중동호흡기증후군)도 사망자는 각각 450명과 500명에 불과했다. 전쟁의 공포 역시 인류 역사상 두 차례의 대전에 비하면 2015년엔 전쟁으로 인한 사망자는 세계 인구 7만 명당 1명꼴이며 이는 인류 역사상 가장 적은 수치다.' 모두 예거할 수 없을 정도로 풍부히 수집된 예증의 힘으로 그는 '낙관주의가 앞으로도 비관주의를 압도할 것이며 우리가 아는 한 낙관주의는 지금까지 늘 비관주의를 이겨왔다'고 주저 없이 단언합니다. 미래학 분야에서는 『이데올로기의 종언』을 쓴 다니엘 벨 이후 가장 잘 쓴 '인류의 삶에 대한 낙관론'의 제시라는 점에서 그 분야 문외한인 나로서는 새로운 세계의 개안開眼을 얻은 듯했습니다.

그러나 아쉽게도 너무 일찍, 그 책을 읽은 지 1년도 안 지나서, 나에게는 다시 그 책에 대한 회의懷疑가 생겼습니다. 그 회의는 아직은 회의로만 머문 상태일 뿐 어떤 대안을 생각할 수 있는 것은 아닙니다. 인류의 삶은 시간의 흐름에 따라 끊임없이 변화되고 발전해 온 것은 부인할 수 없는 사실입니다. 그리고 그렇게 되는 것은 인류의 가장 큰 바람이자 포기할 수 없는 희망이기도 합니다. 그런 희망으로 나는 그 육중한 벽돌책을 완독하면서 그 책의 주장을 비판 없이 수용했습니다. 그러나 그가 바라본 시대와 세계는 환경문제, 기후변화, 핵무기, 화산폭발, 이데올로기의 종언,

출산율 저하, 공교육 시스템의 단계적 붕괴 등에까지만 미쳤을 뿐, 2020년 1월부터 예고 없이 도래한 '코비드'(코로나 바이러스 디지즈)에까지는 착목하지 못했습니다. 불과 100일 만에 코로나 바이러스는 1918년 세계를 강타했던 스페인 독감 사망자 14만을 훌쩍 넘어섰고 미국의 사망자는 1960년대 10년 동안 치러졌던 베트남 전쟁에서의 그것을 능가한 것입니다. 피카소를 있게 한 세기의 예술가 기욤 아폴리네르가 스페인 독감으로 사망했고 호치민이라는 신화적 인물이 베트남전에서 태어났습니다. 그렇다면 이번의 코로나는 또 어떤 위인들을 태어나게 하고 사멸시킬 것인지 지금으로서는 예견할 수 없습니다.

인류의 삶에는 항시 전쟁과 기아가 있었고 자연재해가 있었으며 시대가 바뀔 때마다 미증유의 전염병이 새 이름을 갈아달고 찾아와 인간을 위협했습니다. 이 재앙들을 극복하고 이기는 사람은 승리자가 되고 그것에 지는 사람은 도태했다는 것은 인간사의 지울 수 없는 흔적이자 역사의 증좌로 양각되어 있습니다. 지구상에 전쟁이 종식되거나 소강상태에 들면 어김없이 역병이 뒤를 이은 것은 잊을 수 없는 역사의 통증이고 악순환이었습니다. 중세 이후 크레바스처럼 삶을 할퀴고 간 병증病症들, 페스트, 홍콩독감, 에볼라, 메르스 등은 우리의 아픈 기억을 되살리는 불길한 이름들입니다. 그런가 하면 이번의 신종 바이러스는 '코로나'라는 예쁘기까지 한 명찰을 달고 우리를 찾아와 처음엔 동아시아를 휩쓸더니 마침내는 전 세계로 퍼져나가 맹위를 떨치며 인류의 존망을 위협하는 사태에까지 이르렀습니다.

우리는 21세기를 향유하며 아름다운 도시 대구에 살고 있습니다. 우리는 뉴욕보다 런던보다 파리나 도쿄보다 대구가 아름답다고 믿으며 살고 있습니다. 우리는 대구에 살고 있다는 사실을 긍지로 생각합니다. 그러기에 〈대구시인협회〉와 대구 시인은 기회 있을 때마다 대구를 노래했고 우리 삶의 요람인 대구를 고아高雅한 말로 찬양했습니다. 그러나 2020년 2월 19일 이후 대구와 대구 시민은 별안간 죄인이 되었습니다. 비슬산에 진달래 피고 팔공산에 장끼 울고 청라언덕에 라일락 피는 날에도 우리는 밟아보고 싶은 그 땅의 맨살을 차마 밟지 못했습니다. 우리는 왜 몸을 낮추어야 하는지에 대한 앙탈도 성찰도 허용받지 못한 채 까닭 모르는 속죄양이 되었습니다. '가담하지 않아도 무거워지는 죄는 얼마나 온당하'냐고 쓴 시인의 시구처럼 우리는 가담하지 않고도 모두 죄인처럼 남 앞에서 얼굴을 숨겼고 수인처럼 방 안에 갇혀 지냈습니다. 그러나 우리는 불평하지 않았고 우리는 협조했고 우리는 이타의 정신을 발휘했습니다. 코로나19를 이기기 위해 밤낮을 가리지 않는 시정市政과 자원봉사자와 그 일에 매진하는 전국의 의료진과 간호사에 감사를 드렸습니다. 대구 취재를 하러 온

미국 ABC 방송 기자 이언 패널은 돌아가 썼습니다. '대구는 조금의 혼란도 갈등도 없고 폭동과 사재기도 없는 세계의 모범도시'라고. 그의 말은 칭송을 위한 칭송, 한갓된 아유자의 말이 아닙니다. 가게와 식당, 공항과 백화점이 문을 닫아도 대구시민들은 흔들림 없이 질서를 유지했고 이웃을 격려했고 시가지는 평온했습니다.

머지않아 백신과 치료제는 개발될 거라고 합니다. 시간의 문제지만 인간은 반드시 이 예고 없는 질병을 이기고 말 것입니다. 그것은 지금까지의 병역학病疫學 변천사가 말해주는 것입니다. 대구 시인들은 그것을 믿기에 묵묵히 자신의 자리에서 삶을 영위하고 마음을 다듬어 시를 썼습니다. 〈대구시인협회〉는 그러한 아름답고 미쁜 마음의 글귀를 한 권의 사화집에 담는다고 합니다. 그렇게 하는 것은 대구시인의 긍지이고 시민사랑의 실천입니다. 평화로운 시대의 시인은 예지가 담긴 시를 쓰고 위급한 시대의 시인은 총과銃戈를 듭니다. 지치고 아픈 대한민국 국민과 대구시민들에게 시인이 피워 올린 '말의 꽃송이'를 여기 한 권의 책에 담아 바칩니다.

우리는 넘어지고도 일어섰던 과거의 역사를 기억합니다. 결코 좌절은 없다는 희망과 신념을 우리는 갖고 있습니다. 불행과 재앙은 다가오는 날을 더 아름다이 가꾸기 위한 시금석임을 믿습니다. 그렇습니다. 지혜의 사람 솔로몬의 말처럼 시간이 지나면 '이 또한 지나갈' 것입니다. 지금은 오로지 '희망' 을 노래할 때입니다. 내일은 더 밝은 해가 뜰 것입니다.

마스크를 끼고, 자주 손과 말을 씻다

이하석

- 민들레

민들레가 지천이다. 금잠초金簪草, 또는 만지금滿地金이라고도 한단다. 생김새나 생장력, 빛깔을 따서 붙인 이름이리라. 들이나 길가, 심지어는 도로변의 먼지 속에서도 뿌리를 내린다. '흰 민들레'와 달리 꽃이 노란색이다. 연한 잎으로 쌈을 싸 먹거나 데쳐서 된장국을 끓여 먹는다. 생즙을 내어 마시기도 한다. 꽃은 튀김이나 초무침으로, 뿌리는 기름에 튀겨 먹는다. 다음백과에 따르면, 그 효능이 많다. 가스중독, 각기, 간 기능 회복, 간염, 간장암, 감기, 강장, 강장보호, 강정제, 갱년기장애, 거담, 건선, 건위, 결핵, 고혈압, 금창, 기관지염, 담, 대하증, 만성위염, 만성위장염, 만성피로, 사태, 소아변비증, 식중독, 악창, 열독증, 옹종, 완화, 위궤양, 위무력증, 위산과다증, 위산과소증, 위암, 위장염, 유방염, 유

• 《현대시학》 등단
• 시집 『투명한 속』, 『향촌동 랩소디』 외

선염, 유즙결핍, 윤장, 음부질병, 이습통림, 인두염, 인후염, 인후통증, 일체안병, 임파선염, 자상, 장위카타르, 정력증진, 정종, 정혈, 종기, 종독, 진정, 창종, 청열해독, 충혈, 치핵, 탄산토산, 통리수도, 폐결핵, 피부병, 해독, 해수, 해열, 허약체질, 황달, 후두염 등, 무려 70여 가지의 병들에 효험이 있단다.

이따금 들르는 카페의 주차장 주변에 올봄에도 누가 뿌려놓은 10원짜리 동전들처럼 반짝이며 많이 피어 있다. 그런데, 어라, 저게 뭐지? 그 꽃들 사이에 마스크가 던져져 있다. 누가 버렸나? 바람에 날아온 걸까? 코로나19로 너도 나도 마스크를 쓴다. 한동안은 마스크를 못 구해 온 나라가 난리가 나다시피 했다. 마스크 없이는 바이러스 감염으로부터 안전하지 못하니까, 늘 쓰게 되는데, 누가 마스크를 바꿔 쓰면서 버렸을지도 모른다. 그랬다면 그는 환경에 대한 생각이 없는 사람이다.

마스크와의 만남으로 꽃색이 약간 무색해진 느낌이다. 그래, 올봄은 저게 가장 상징적인 그림이지. 나는 그 풍경을 스마트폰으로 찍는다. 아무데서나 피어나는 흔하디흔한 꽃들이지만, 역설적이게도 무려 70여 가지의 병들에 효험이 있다는 귀한 약초이기도 한 민들레의 곁에 던져진 흰 마스크. 평소 같으면 일상의 흔한 풍경으로 보이기도 하겠지만, 지금 상황에서는 생뚱맞고 낯설며 위험해 보인다. 그 그림들을 보면서 시를 만든다.

민들레꽃들 바라는

빈터에

인간의 마스크가 떨어져 있다

곱지 않다고

마스크를 낀 채, 뭐든 손도 못 대는 이가,

더 울먹하게,

그걸 치운다

- 이하석 「마스크」 전문

- 놀란 말들

봄이 깊어가면서 많은 언어들이 창궐한다. 코로나19가 휩쓰는 대구를 살아가는 시인들의 시들이다. 시인보호구역과 대구시인협회가 먼저 관련 시와 산문들을 모으기 시작했다. 이에 잇달아 문협과 계간 『사람의 문학』 등 문학단체와 문학 관련 매체들은 물론, 문화 예술가들의 모임에서 이런 특별한 컬렉션들이 나타났다. 단시간에 단일한 주제의 많은 시들이 쏟아져 나온 건 이례적인 일이다. 우리가 경험했던 재앙의 충격이 일찍이 볼 수 없을 만큼 컸기 때문이리라. 대부분의 시들은 느닷없이 닥친 재앙에 대한 공포와, 사회적 거리두기에 따르는 고독과 당혹감, 서로에 대한 그리움 등을 드러냈다. 그 속에서 이런 시를 읽는다.

어디선가, 보이지 않는 것이 나타났다
나타났으나 보이지 않으므로
우리는 모두 눈뜬장님이 되었다

그것이 박쥐나 천산갑에서 왔다지만
혹여 소에게서 온 건 아닌지,
농경시대의 소처럼
21세기 인류가 모두 입마개를 했다

그만 떠들라, 그만 말 하라
불화와 적과 재앙은 말에서 생기나니
저마다 내뱉고 쏟아내고 퍼붓는 말들,
세상이 너무 시끄러우므로
스스로는 도무지 입을 다물지 않으므로
입을 봉쇄하라는 뜻은 아닐까

이제쯤 자숙하라, 침잠하라
욕망의 경제와 소비를 멈추고
없는 신(神)을 버리고

이 별에서 가장 해로운 건 인간이므로

세상을 오염시키는 일은 다 하지 말라

서로 너무 가까이 하지도 말며

저마다 고요히 격리하라는 뜻은 아닐까

그랬더니 그사이

바닷가에 쓰레기가 없고

오리온 별자리가 빛나고

거리엔 동물들이 나타났으므로,

보이지 않는 그것이 이렇듯

모든 걸 보여주고 있는 걸까

치명적인 무언의 말을 하고 있는 걸까

- 사윤수 「화두, 코비드-19」 전문

그렇다. 코로나19는 보이지 않는 자연의 습격이자 경고다. 그 보이지 않는 게 모든 걸 치명적으로, 또는 역설적인 긍정성으로 보여주고 있는 현상을 우리는 경험하고 있다. 어쩌면 시인들의 말들은 이 보이지 않는 '치명적인 무언의 말'에 대한 공포의 물음이거나 감탄의 대답일 것이다. 그 감탄은, 코로나19로 인해 인간들의 격리가 깊어지자 나타났다. 인간들이 이 지구상에서 가장 해로운 존재임을 깨닫게 되고, 그리하여 사회적 거리두기로 '욕망의 경제와 소비'가 어쩔 수 없이 멈추어지자, 반대로 자연이 새롭게 눈뜨고 생기를 띠며 스스로 얼른 제자리를 챙기는 현상 앞에서 반성과 함께 뿜어내는 소리이리라.

- 텅 비다

잔인한 봄. 그 조짐은 지난겨울에 나타났다. 신종 코로나바이러스감염증이라 했다. 2019년 12월 12일 중국 우한시의 화난 수산시장의 야생동물 판매상점에서 발원한 것으로 추정됐다. 감염자는 1월 초순 중국에서만 1천여 명이었다. 15일 일본에서, 20일 한국에서 최초 감염자가 나타났다. 그후 물밀듯이 환난은 닥쳐왔다. 한국에서는 한 확진자가 슈퍼 전파자로 부상하면서 급속히 번져갔다. 3월에는 마스크 대란이 일어났고, 확진자가 더욱 늘어나 1만을 넘었다. 팬데믹이라 했다. 미국과 유럽으로 번져간 이후 감염자 수는 어마어마하게 폭증하고 있다. 다행히 국내에서는 확진자율이 감소하고 있지만, 전 세계 상황은 5월 들어서도 더욱 바이러스가 기승을 부리고 있다. 가히 '한 파도가 일어남에 수많은 파도가 따르(一波自動萬波隨:『금강경오가해』 야부도천의 게송의 한 구절. '自'는 '纔'로 쓰기도 한다)'는 형국이다. 4월 초 우주에서 인공위성이 찍어 전송한, 코로나19 재앙이 덮친 지구의 풍경들은 그 이전과 너무나 달라 지구인들을 아연하게 만들었다. 온갖 인파와 차량들로 북새통을 이루었던 지구 곳곳들이 그야말로 적막하기 짝이 없는 '텅 빈 상태'로 바뀌어버린 게 드러났다.

　이 재앙은 얼마나 뻗칠까? 일부 지역에서처럼 코로나가 숙진다 해도, 다가올 올겨울에 2차 대유행이 초래할 수 있다는 우려가 도사리고 있다. 각국은 백신과 치료제 개발에 주력하고 있지만, 그게 실현되기까진 상당한 시일이 걸린다는 점에서 바이러스 박멸로 인한 완전한 종식의 시기는 미지수인 상태다.

- 적

　감염의 공포로 각자는 대문을 닫았다. 다만 사람들은 마스크를 하고 눈만 어둡게 뜬 채 불안한 미래를 바라본다. 친한 이가 안부 겸한 전화를 해서 "보고 싶다"고 하니, "우린 서로 적이니까 당분간 만나지 말아야지요."라고 한다. '사회적 거리두기'로 인해 '결코 적이 될 수 없는 친한 이웃인데도 불구하고 어쩔 수 없이 적이 되어버린' 현실의 표현이다. 어쨌든 끔직한 이별의 선언이 아닌가. 서로가 바이러스의 매개체가 될 수 있다는 우려 때문에 부모 자식 간에도 마스크를 쓰고 바라본다. 뭐든 만진 다음에는 손을 씻는다. 극단적인 예로, 애인 간을 들 수 있겠다. 두 사람 중 누가 확진자가 되면 그 만남 자체는 감염의 죄의식에서 벗어나지 못하며, 그 관계마저 다 불어야 하기에 만날 수 없다는 것이다. 그야말로 사랑마저 '곁에 둘 수 없는' 모순적인 현실인 것이다.

　코로나19는 우리의 '곁'을 없애버렸다. 어쩌다 엘리베이터를 함께 탄 사람들은 '이상한' 경계심, 짜증, 적의를 서로 느낀다. 결코 만나선 안 될 적처럼, 자신도 모르게, 상대를 거리를 두고 대하게 된다.

"실존주의는 모든 인간 현실의 불안정과 위험을 강조하고 인간은 '세계에 던져져 있다'는 점과 인간의 자유는 그것을 공허하게 만들 수 있는 한계에 의해 제한되어 있다는 점을 인정했다"는 주장이 새삼 생각난다. 고통·타락·질병·죽음 등의 실존의 부정적 측면들이 인간 현실의 본질적 특징이 된다는 주장도 그렇다. 코로나19의 경험은 실존에 대해 각성하게 만든다. 한편으로는 새삼스레 나와 너, 그리고 우리는 서로 무엇이며, 그 관계의 한계는 무엇인가를 자문하게 한다, 자연과 인간의 관계에 대한 반성과 함께.(이상 일부, 영남일보 4월 25일 자 필자 칼럼 참조) 더불어 살아가는 사회인데도 그 속에서 고독을 느껴야 하는 게 새로운 현실이 됐다. 그 고독은 군중 속의 고독이 아니라, 모두 숨어버린 텅 빈 공간에 홀로 웅크리고 있는 불안에 휩싸인 고독이라는 점에서 새로운 소외의 모습이라 할 수 있겠다.

- 전망

1918년과 1919년에 걸쳐 발생, 수많은 인명을 거두어갔던 스페인 독감이 1차 대전의 종결을 앞당겼다는 설이 있다. 코로나19 이후는 그보다 훨씬 더 큰 변화를 초래할 것이라는 전망들이 세계

도처의 선문가들에게서 나온다. 인류의 삶을 송두리째 뒤흔들 변화가 올 것이라 내다보기도 한다. "폭풍은 지나가고 인류는 살아남을 테지만, 우리는 다른 세상에서 살 것"이라고 한 역사학자는 말한다. 빌 게이츠의 말마따나 아주 미세한 세균이 한 사람의 건강을 해치면, 곧 온 인류의 건강에 위협이 된다는 엄청난 경험을 한 것이니, 그 이후의 세계전망이 밝을 리 없다. 정치적으로는 정부의 통제 기능에 대한 의존도가 커지며, 국가 간 고립주의가 심화될 것이란 우려가 있다. 경제적으로 자국민을 우선시하는 경제민족주의가 대두될 거란 전망도 나온다. 아울러 시장의 구조에서 온라인 구매형식이 발달하고, 직장의 재택근무가 늘어나며, 교육 또한 온라인으로 대체하는 현상들이 나타나고 있다. 각국은 문을 닫아놓고, 안에서 적게 먹더라도 만족하려는 상태 지향이 있을 수도 있다. 온라인과 4차 혁명의 삶을 내다보지만, 그 삶이 새로운 지옥의 삶이 될 것임을 우리는 내다본다. 언제든 새로운 바이러스가 창궐할 수 있어서, 국가 간 고립은 보다 큰 논의, 곧 전염병과 기후, 환경 문제의 대처에 걸림돌이 되면서, 더 큰 화근이 될 수 있을 것이다. 이런 상태에서의 과학을 통한 효과적 대응에도 결국 자연의 재앙을 근본적으로 막지는 못할 것이기 때문이다. 그보다는 자연과의 관계를 재설정하는 관점의 대전환이 필요하다는 말이 더 설득력을 갖는 듯하다.

- 소통

무엇보다 소통의 소중함을 절감한다. 직접 접촉은 못 하더라도 다양하게 서로의 마음을 전하고, 공동으로 현안문제들을 도모할 수 있는 매체의 필요성이 더욱 절실하게 요구될 것이다. 사람 간의 왕래가 끊기고, 서로가 서로를 경계하며, 스스로를 격리해야 하는 상황에 대한 공포와 절망감이 불러일으키는 열망이다. 우선, 통신에 대한 의존이 늘어난 건 사이버 통신수단이 소통의 가장 효율적인 방법임을 간파한 때문이다. 나도 그런 절박감으로 전화기를 스마트폰으로 바꾸었다.

소통이란 무엇인가? 자연을 바로 인식하고, 인간 상호 간의 존재를 인식하는 것이 아니겠는가? 인간은 물론 자연 속의 모든 존재는 함께 이 지구상에서 살아간다는 점에서 어쨌든 소통과 공감의 존재이다. 불교에서는 인드라망 사상의 실천을 권유하기도 한다. 제석천이 머무는 궁전 위에 끝없이 펼쳐진 그물이 인드라망이다. "사방으로 끝없는 이 그물의 그물코에는 보배구슬이 달려 있고 어느 한 구슬은 다른 모든 구슬을 비추고 그 구슬은 동시에 다른 모든 구슬에 비춰지고, 나아가 그 구슬에 비춰진 다른 모든 구슬의 영상이 다시 다른 모든 구슬에 거듭 비춰지며 이러한 관계가 끝없이 중중무진으로 펼쳐진다. 이처럼 인드라망의 구슬들이 서로서로 비추어 끝이 없는 것처럼 법계의 일체 현상도 중중무진하게 관계를 맺으며 연기하는 것이어서 서로 간에 아무런 장애가 없다고 화엄교학에서는 이 세계의 실상을 설명한다"고 그 의미를 밝히기도 한다. 어쨌든 모든 존재는 필연적으로 얽혀 살아갈 수밖에 없다. 그런 점에서 의사소통(communication)의 중요성이 무엇보다 크게 대두된다. 사람과 사람 간의 소통도 그렇지만, 사람과 자연, 사람과 기계, 또는 그 이상의 존재와 존재 사이에 이루어지는 정보 주고받기의 과정을 통해 서로 간의 감정과 의견 및 정보를 교환함으로써 보다 긍정적인 상호작용을 하는 것이다.

기실 인간과 자연 간의 소통과 교감체계가 붕괴됨에 따른 재앙의 전망이 코로나가 발생하기 훨씬 전부터 꾸준히 제기되어 왔다. 그런 시기가 올 것이라 예감하며 불안해하면서도 구체적으로 실감하지 못했는데, 이번에 그게 얼마나 무서운 재앙으로 드러나는지를 똑똑히 본 셈이다. 그런 점에서 국가와 기업은 물론, 정부의 관료들과 지자체 할 것 없이 지도자들은 필히, 앞으로 인간과 자연의 원활한 소통, 또는 생태계의 순조로운 교감을 위한 전문가들과 환경관련 예언자들의 말을 귀담아듣고, 이를 곧장 실천할 수 있는 전 지구적 방안들이 마련되어야 한다. 낙관하거나, 머뭇거릴 때가 아니다. 코로나19가 그러한 경고를 확실하게 하고 있다.